YOUNG AGE小說鮮視界！

YA!

青春滿點！活力滿載！好看滿分！

北山猛邦

少年檢閱官

陳嫺若—譯

好評如潮

幻想性十足的背景、動機不明的砍頭魔、
失去推理能力的人們、神探般的少年檢閱官，
作者非得設定如此特殊的場域，
否則無法體現詭計精巧之處，
解謎之後，說服力十足。

——【推理小説家】呂仁

本作不單具備後設推理的趣味，
更有少年間的情誼與恐怖的殺人分屍等元素，
北山猛邦不愧是風格獨特的梅菲斯特獎得主。

——【第二屆「島田莊司推理小説獎」首獎得主】陳浩基

推理小說的三大要素：
吸引人的主角、有趣的故事、令人拍案的謎題，
《少年檢閱官》都做到了。
這是一邊閱讀，一邊令人大呼過癮的推理傑作！

——【漫畫家】黃俊維

人類這種生物，同時存在著最聖潔和最邪惡的部分：
既善於遷怒，又同時太過寬恕；
既冷漠，又會在不經意處爆發瘋狂的熱情。
在鐵灰色冷調的《少年檢閱官》中，
絕望冷淡的末世風景裡，嘲諷著一切。
而最終所有冷酷的殘殺，
為的卻是扭曲的末世社會觀中，一個微小的幸福願望。
人類真是一種可怕又可愛的生物。

——【名作家】蝴蝶

角色登場

榎野

少年檢閱官，負責搜查日本的違法書本。黑髮、丹鳳眼、身材瘦弱，總穿著特徵明顯的制服，帶著有機關的枴杖。他從小被培育成具備辨別能力及靈敏反應的檢閱官，看似成熟獨立，卻害怕單獨外出，身旁非得要有旁人陪伴。

克里斯

十四歲，金髮藍眼，來自英國倫敦。父親是海軍軍官，很喜歡和克里斯講故事，每個故事都有偵探這種英雄人物，所以他對推理世界非常嚮往。自從父親殉職後，他就一個人四處流浪，找尋自己未來的方向。

桐井老師

帶著小提琴的天才演奏家，在旅途中與克里斯結識，是克里斯在日本唯一信賴的對象。他對推理也很有興趣，常和克里斯討論小鎮怪案。

「偵探」

小鎮的神秘黑衣怪客，沒人看過他的真面目。傳聞說他是住在森林裡的管理員，會把壞人的頭砍下來，並不時在各家門上或室內漆上紅色十字做記號。

悠里

克里斯在小鎮遇到的男孩。身體衰弱的他必須坐輪椅，最大的願望是讀書。

朝木

悠里的父親，「皇家翡翠城」旅店的老闆。臉和手臂都長滿毛，脖子比柴薪還粗。看似粗獷其實情感豐富的他，非常擔心悠里的身體狀況。

黑江

小鎮自警隊隊長，矮個兒。表面上他不干涉「偵探」的作為，私底下卻很想了解事件的真相，但是他無法破解，只好放棄調查。

神目

小鎮自警隊隊員。原本他也同樣逃避死亡的現實，但在親眼目睹一樁慘案後，終於了解什麼叫做「犯罪」，而決心要查出「偵探」的身分。

目次

序奏　迷你庭園的幻想

她望向窗子的方向。布簾密實地遮住整扇窗，看不見外頭的景象，但是她很確定窗外正靜靜地下著無聲的雨。在這完全封閉的房間裡，唯有灰沉沉的陰暗，和獨特的濕氣能讓她感受到雨。然而，即使周遭的一切都化為暗影，蓋住她眼睛的紗布還是雪白如新。

她的眼睛看不見。

她的視力已不可能恢復。她的兩個眼珠同時被銳利的刀鋒劃過，受了嚴重的傷，左眼的傷勢甚至深及水晶體底部。她兩眼受傷後倒臥在森林邊，被鎮上的人發現。手臂和腳擦傷遍佈，但跟眼睛受的傷比起來算是微不足道。

送到醫院後，她只接受了最基本的治療，院方認為她的視力已經無藥可醫了，但還好不礙性命，所以很快就讓她出院，之後在自己家裡療養就行了。

釧枝每天都會到她家來，照顧她的起居。她和釧枝並不是特別熟，但從小就認識了。對無親無故的她來說，釧枝是她唯一的依靠。除了釧枝之外，再沒有人關心她的眼傷。

釧枝一在她身旁坐下，她就聞到藥味。釧枝會幫她把繃帶剪成適當的長度，把份量剛好的紗布和消炎藥放在側桌上。只需做好準備，剩下的她都可以自己來。

她轉向釧枝，連著額前的劉海一起，為眼睛包上繃帶。釧枝輕輕地替她拂去劉海，又把退到膝上的棉被拉到腰邊來。

她用沙啞的聲音說，謝謝。

她到底發生了什麼事？

向來不管他人瓦上霜的鎮民，罕見地對她的遭遇議論紛紛。從他們的流言蜚語中，一切都歸咎於一個惡因，那就是——

太靠近森林不會有好結果。

這是鎮裡的人都心知肚明的事。

森林圍繞在小鎮四周，原本這個鎮就是海邊的民眾躲避洪水、海嘯侵蝕的海岸線，才逃到山上慢慢開墾出來的。或許是這個自我封閉的緣故，鎮民過著極度閉塞的生活，幾乎與其他村落斷絕來往，在深邃的森林裡建立與世隔絕的小鎮。

有關森林的禁忌很多，畢竟森林廣闊而巨大。只要在森林裡迷了路，就再也回不來。所以，她走進森林失去了雙眼，在鎮民看來只是天經地義的報應，總比回不了家好吧。但是，到底她是被什麼攻擊，誰也不願深究。依照醫院和民間自警隊的見解，認為應該是被尖銳的樹枝戳傷的吧。這個原因極有可能，釧枝一開始也這麼想——直到聽到她的話。

「我在森林裡遇到這世上最恐怖的東西。」

她面帶愁色，拂去臉上的髮絲說。

釧枝交叉雙臂，想像這世上最恐怖的東西。幼年曾經遭遇到可怕的海嘯，所以，他怕水。窗戶玻璃上滑落的雨水，打在遠方海岸線的海浪；不知來自哪裡流過水龍頭而溢出的水——他只要想像自己被大量的水吞噬，就感到無比恐怖。但是這只是他個人的恐懼，跟她所說的那種恐怖應該不一樣。

「我不知道那是什麼。」

「的確。」她露出惡魔般的笑容。「的確是你無法想像的東西。」

身體的傷雖然日漸痊癒，但心靈上所受的傷，似乎仍對她的精神造成相當大的影響，但是她並沒有驚惶失措，她的心猶如刀鋒一般，變得更冰冷、清澈。

從小開始，她便充滿了某種神秘的氛圍。成熟的舉止、好奇心旺盛的性格，高竿的惡意行為，使她承受其他孩子的異樣眼光。當孩子們長大，了解人情世故之後，更是將她視為異端。因為，她不畏懼那個可怕的森林。當時，釧枝對她是異端的說法，抱持著不置可否的態度，但他還是在某次機會中問她，為什麼不害怕森林。答案很簡單：因為森林很美。但是，釧枝不了解這句話的意思。美麗，這個詞彙中的情感，他早在不知何時丟失了。

她有很多不可理解的部分。她的性格、感性、言行，或是絕無僅有的氛圍……這些，恐怕今後也無法理解吧，釧枝想。從她失去雙眼開始，她就成了跟自己完全不同的人了。受傷的打擊之大不在話下，但是更重要的是，失去了視力使她進臻於完美。明明在眼前，卻又像是身在遠方。現在，在這充滿靜謐的世界中，專心聆聽雨聲的她，看起來宛如空氣或光，或是想摸也摸不著的朦朧物體。

她在森林裡到底遇到了什麼？

她自己這麼說了。

「在一個月色絕美的夜，我走進了森林。」

「為什麼到森林去？」

「這是我的習慣。」

她一向有深夜在外徘徊的嗜好，似乎以為這麼做就能探查到那個世界的秘密。當時，她的眼睛還看得見。

「一留神時，才發覺自己已經來到森林的深處。森林深處的綠意比入口要濃密，所以我才知道的。從樹梢間洩下的月光中，我在追逐著一個人影。我已經不記得是為了追他才進森林，還是在路上發現了他才開始追的。總之，是他引誘我進到森林深處的。」

「他？」

「你知道吧？就是住在禁忌森林裡的那個人。」

「你是說『偵探』？」

傳說森林裡住著一個守林人。他才是在暗處控制整個小鎮居民的統治者——「偵探」。

沒有人知道「偵探」是個什麼樣的人物。他為什麼住在那裡、他的習性、真面目，誰也不知道。大多數鎮民只知道，他住在森林的深處。據說，大家不能踏入森林，也因為那是「偵探」的領地。

從某種意義來說，「偵探」就是恐懼的來源。「偵探」無時無刻不在監視著小鎮。而且「偵探」審判鎮民，審判的理由只有「偵探」知道。鎮民只知道一件事，那就是審判裁決的處罰，一定得死。所以誰也不敢接近森林。

「我真不懂，妳為什麼要故意進入『偵探』的森林。」釧枝平靜地說，「但是，妳追的人影，真的是『偵探』嗎？」

「我想，除了我之外，只有『偵探』能在森林裡自由來去。」

「妳怎麼知道是他？說不定是個女人。」

「只是直覺。沒有別的理由。」

「好吧。至少我知道『偵探』不是怪物之類的。」

雖然嘴上這麼說，但釧枝還是不太確定。

真的是「偵探」嗎？

說起來，「偵探」到底是什麼？

釧枝發起呆來，在腦海中將「偵探」描繪成一個黑暗的人影。

她繼續說：「他似乎沒有注意到我。所以，我便悄悄地跟在他後面。這個人名叫『偵探』卻沒發現我，所謂的『偵探』不過爾爾。」

只有無知小童和她敢如此冒大不韙地褻瀆「偵探」。但是釧枝並沒有打算勸諫她，因為她一向如此。

「突然間我失去了他的蹤影。畢竟以我的腳力還是追不上他。我不知如何是好，只好獨自走在森林裡。我根本不知道自己往哪個方向走，身上也沒有帶指南針等有用的工具。就算帶了，我也分不清楚哪邊是東西南北。我只好一直往前走。」

「迷路了嗎？」

「沒有。不久我就看到一間小屋。屋子真的很小，兀立在森林中。」

她輕輕碰觸臉上的紗布，釧枝抓住她的手放回腿上，不讓她碰觸。她露出一點惱意，但沒說什麼。

「那間屋子真的是非常小，沒有窗戶，屋頂也很矮，大約只比你的個子再高一點。如果我對你身高的記憶沒有錯的話。」她轉向釧枝，但眼中空洞無神。「我想那棟小屋一定就是『偵探』的家了。所以我躲在樹蔭裡，注意小屋的動靜。在夜晚的森林裡，我不知道自己在那裡待了多久，只是蹲著等待什麼事情發生。但是什麼也沒有。所以，我打開小屋的門。」

「妳開了門？」

釧枝用不可置信的口吻打斷她的話，但是她沒回答，繼續往下說。

「那屋子裡空蕩蕩的，看不見任何家具、碗盤，和所有跟生活有關的東西。裡面沒有燈，伸手不見五指。如果不打開門讓月光照進來，幾乎什麼都看不見。那個小屋裡不像隱藏了什麼秘密，只有一樣，地上倒著一個東西。」

「什麼東西？」

「無頭的屍體。」

——什麼！

釧枝在心頭大叫，卻發不出聲音。他並不是沒聽到她的話，而是無法理解話中之意。屍體？

也就是說，一具死人的軀體，躺在森林裡的小屋嗎？

而那具屍體還沒有頭？

明白了。一句話拆開來想，其實並不難懂。

但是，這究竟是怎麼回事？

釧枝從小到大只看過兩次屍體。一次是祖父的屍體，他死於肺病。雖然說他死得並不安詳，但屍體的外觀看上去卻是完好無缺的。第二次看到的屍體，是海嘯時沖上岸邊的無名屍，全身覆滿了泥沙，面容難以辨識，四肢都彎折成奇怪的角度，是一具死狀悽慘的屍體。為了怕讓生者感到絕望，這類屍體通常都當成忌諱草草地埋了。釧枝撞見的是剛好沒被發現的屍體。

死亡是可怕至極的事。所以，屍體都被埋到看不見的地方去，在這個小鎮裡，死亡本身便帶著稀微的灰色。

也因此，釧枝無法相信她所看到的景象。

「那屍體好像是個男人。我走進小屋裡，碰了一下那具屍體。全身硬幫幫的，人家說那叫屍僵。你聽過嗎？」

「我知道。」

「真的很硬哦。」她無邪地微笑起來。「原來屍體真的會完全僵硬呢。不過我沒再細看，所以也不知道是誰。我在小屋四處檢查，看看還有沒有別的東西。但除了屍體之外，什麼都沒有。當然，跟屍體分離的頭部也不在那裡。」

女孩說得自然流暢，沒有絲毫遲疑。釧枝直到此時才第一次感受到，女孩在失去雙目前看到了什麼可怖的光景。她看到最可怕的東西——就是那具無頭的屍體嗎？釧枝一直盯著她的嘴邊。她在微笑。是的，太可怕了。這才叫作可怕，那是他遺忘許久的感覺。釧枝害怕的是她在敘述那段過程時嘴角的笑容，先前沒聽到的雨聲，突然在他耳邊響起。

那屍體沒有頭，頭不只被砍斷，而且還消失了。釧枝完全想像不出那是什麼光景。

「血……流了很多嗎？」

「沒有。完全沒血。」

「為什麼？頭被砍斷了會流血吧。」

「我想一定是在別處被殺的吧。」她不假思索地回答釧枝的問題。「然後，我走出小屋，再次躲進樹蔭裡，監視小屋的動靜，這次我想躲得比剛才遠一點吧。」

「妳要監視什麼？」

「『偵探』啊！因為我想說不定『偵探』會現身。不，我確定，我知道『偵探』一定會現身。」

「為什麼妳對『偵探』那麼執著。在小鎮裡規規矩矩地生活，『偵探』並不會傷害我們呀。反倒是妳這樣糾纏不休，會給他留下不好的印象。」

「你也變成那些滿口八股道理的大人了。」女孩難掩心底的遺憾說，「我只是想知道『偵探』的真面目罷了。」

好奇能殺死貓，他想這麼忠告她，但一切已經太遲。釧枝默默地搖搖頭，聳了一下肩，反正這個動作她也看不見。

「好吧，結果『偵探』現身了嗎？」

「現身了，但在那之前，發生了一件不可思議的事。」

「不可思議的事？」

「我走出小屋，關上門，頭也沒回地往前走，一步、兩步、三步……就在離小屋有段距離時，我聽到背後有『沙沙沙』的聲響，像是刮地的聲音，然後又聽見樹木搖曳。我立即轉頭，一回頭就看到我剛才出來的那棟小屋不見了。小屋在瞬間消失了蹤影。」

「小屋消失了？」

「嗯。一點痕跡也沒留。我離開小屋才不過幾分鐘，應該沒走遠才對，所以也不可能迷路，把它看丟吧。它應該就在我身後不遠，可是卻平空不見了。」

「會不會被樹林遮住所以看不到？還是天色太暗了看不清楚。」

「不是。」她斬釘截鐵地否認。「還不到看不清楚的距離。相反的，我就站在它附近，但它就是消失了。」

「怎麼會這樣……」

「真的消失了，但是那具無頭的屍體卻還留在原地。」

「什麼?!」

「它跟在小屋裡時一模一樣，躺在地上。也就是說消失的只有小屋。」

立於身後的小屋瞬間消失，而且小屋裡的屍體還留在地面上。釧枝感到一陣昏眩。她說的是真的嗎？她失去的雙眼真的目睹了那個奇怪無解的現象？莫非當時她已經失明，所以看到的都是幻覺？無頭的屍體，消失的小屋……對生活一向平靜恬淡的釧枝而言，只能把它歸類為夢境和幻影。

女孩所遭遇的這些奇特現象，就是她口中最可怕的東西嗎？

然而，她的話還沒有說完。

「然後，在屍體旁的陰影中，『偵探』出現了。」

「出現了？」

「嗯，他全身上下都被黑暗籠罩，黑色的披風包覆身體，臉上戴著黑色的面具。」

那就是「偵探」——

「不會是妖怪……吧？」

太意外了。其實，本來「偵探」就算以妖怪的模樣現身，也沒什麼好奇怪的。因為那未必是他真正的面貌。妖怪般的人——還是人形的妖怪？那黑暗的人物真的就是「偵探」？女孩雖然這麼說，但根本沒有任何證據證明他就是「偵探」。不過，至少鎮民偶爾目擊到的「偵探」蹤影，和她的證詞是一致的。

「『偵探』朝我走來，我全身僵住了。不，不是僵住，而是在等待『偵探』的靠近。這可是個看清楚『偵探』是何許人物的好機會。我想從近距離好好觀察他，但是這願望卻沒實現。不知道什麼東西在月光的映照下發出光芒，下一秒鐘，我感到臉上一陣灼熱，好像被火燙傷般。那是從劃過雙眼的傷口流出的溫熱鮮血。然後，我完全看不見了。我想看的東西最終還是沒看到。我狂奔出去，不知道自己跑到哪裡。只覺得當我發足奔出的剎那，把『偵探』撞倒了。因此，我才能躲過他的魔掌逃到森林中。」

她的雙眼是「偵探」奪走的。

神秘的小屋裡，有具失去頭部的屍體，然後小屋突然消失，「偵探」現身。失明。他想到世上最不可能的事都被女孩遭遇到，便心痛起來——這種心痛久久不去。或許是因為事件太出人意表了，震撼了他沉睡的感情。

「雖然妳逃過『偵探』的追擊，但是妳的眼睛那時已經……」

「是的，我已經看不見了。所以，我就在樹林裡跌跌撞撞，使盡渾身力氣死命地逃。但是真正可怕的東西還不是這些。與那東西相比，之前看到的一切，甚至『偵探』都不算什麼。」

難道還有比這更恐怖的事物?!

釧枝就算挖空了腦袋也想不出來。

「妳到底遇到了什麼？」

「森林的盡頭。」

「妳走出森林了？」

「不是的。我走到了終點，小小世界的盡頭。前面再沒有去路，那是一道牆，森林裡的牆——」

「什麼意思？」

「失去視力之後，我一直逃一直逃，突然碰到了牆。我的手摸到了一道牆，那根本不該在森林裡出現的。它跟一般的牆不太一樣，有點軟，觸感很奇妙。我不知道自己身在何處，照理說應該在森林裡，卻彷彿走進一間狹小的屋子。我被搞糊塗了。」

「妳只是摸到廢墟的外牆吧。還是，妳又走回剛才那棟消失的小屋了？」

「不，不是的。我現在還記得很清楚。」她用左手握住自己右手的指尖。「我所碰觸到的，毫無疑問的是室內的牆。我眼睛看不到，只能憑觸覺感知。但那分明就是只有房內才有的牆。」

「室內的牆壁的確與外牆不同，……不過，為什麼森林裡會有室內的牆呢？」

「所以，我恍然悟出了一件事。」她突然壓低了聲音說，「包含『偵探』的森林在內，這整個小鎮其實都在一個超大型的房間裡。我碰觸的那道牆後面，才是真正的『室外』，『偵探』是這個迷你庭園的管理員。」

她邊說，臉上浮起美麗的微笑，那口吻宛如發現了世界真相。

「迷你庭園？」

「噓，小聲點。說不定有人在偷聽。」

看見女孩稚氣地把食指立在嘴邊，釧枝才發現她已經瘋了，眼睛失明的事讓她精神崩潰，所以才編造出這些奇怪的妄想。

「你沒注意到這個世界的虛假嗎？你以為收音機裡每天播放的新聞有幾分真實？我們如何相信從那個看不見，也摸不到的地方傳送出來的訊息？說起來，收音機的電波到底是從何處傳送出來、是誰在播出的，你知道嗎？」

「廣播的放送是政府管理的。」釧枝把廣播教育中聽到的話如實背誦出來。「政府會刪除有害的訊息，公平傳播安全的資訊……」

「別再說了。」她嘆息地說，「我明白了，你對這個世界沒有一絲疑慮。」

疑慮這兩個字在釧枝心裡漾起了漣漪。的確，小時候他對自己周遭的環境感到很多疑問：躲避海嘯、洪水相繼的侵襲，宛如喪失感情的大人們，無人出入的小鎮、只播放安全訊息的廣播。但隨著年歲漸長，他慢慢不再在乎這些事。廣播告訴他，這些事不足為奇。

經歷戰後兵荒馬亂的時期，人們靠著收音機完成基礎教育。經過充分審查的廣播，是國民仰賴的資訊來源。對他們而言，收音機是生活必需品，鎮裡的每個人都會隨身攜帶一個小型收音機。那是證明小鎮與外界還有聯繫的唯一管道。

孩提時代，釧枝也曾對訊息的單向發佈感到疑問，也認為訊息的審查毫無道理。但是，最後他還是習慣了。把耳機塞進耳朵，一天二十四小時、全年三百六十五天地聽廣播，自然而然就變得稀鬆平常。即使新一代的資訊終端設備已開始普及，但輕便的收音機仍然是使用的主流，廣播也依舊傳送著。

收音機裡那些訊息難道有假？

光是思索就令他疲憊不堪，因為一旦開始懷疑就是個無底洞。如果審查者播放的都是對自己有利的新聞，那他們刪除的才是真相嗎？然而，什麼是真實的，什麼是謊言呢？他越想便越分不清現實與非現實的界線了。說到底，這世界的歷史不也是成立在巨大的刪除上嗎？不能再想下去。只要繼續順從，接受統一的訊息就行了。這樣一來，神經變得遲鈍，心也會麻木了。

但是，她的話的確很教人心驚。廣播中從來沒有提到無頭的屍體，也沒說過消失的小屋和「偵探」。這就是現實的可怕，它明明是真實的，卻是荒誕的。

最荒誕無稽的事，莫過於她在森林深處遇到的牆。

這個小鎮真的只是一個迷你庭園嗎？若是這樣，天空的盡頭在哪裡？月亮是從什麼地方升起來？收音機裡有教過我們這些嗎？有的，它教過，所有人在小學自然課都學過。但是，如果收音機說的是假的呢？如果它把重要訊息都刪除了呢？

真相在哪裡？

釧枝實在無法相信，小鎮被一面牆所包圍的說法。因為，釧枝在海邊長大，為了躲避海嘯才來到現在的小鎮，那是在認識她很久之前的事。釧枝是從外地來的人，他出生的小城現在已沉在海底了。被不斷上升的海岸線逼得逃離家園、來到山上的人，在現在這時代並不算少。

所以釧枝很確信，這個小鎮並沒有被牆包圍，也不是像迷你庭園那樣的牆中世界。

那麼，她在森林盡頭遇到的牆會是什麼？最簡單的解釋是，她在逃離「偵探」時，不知不覺走進一間廢墟，碰觸到房內的牆壁。或者，也有可能殘留在森林裡只剩下內面牆壁的廢墟。

反正一切都是妄想。

連他都有點精神錯亂起來。

但是，非現實的部分從哪裡開始，又到哪裡結束呢？

「妳錯了，我們沒有被關住。」釧枝無力地低喃。

「錯的是你們。」女孩突然壓低了聲音說。「你還不懂？我所遇到真正可怕的玩意兒是什麼。好，我就告訴你這個世界的秘密。」

雨聲停了。

或許雨早已沒在下了，也可能從一開始根本就沒下雨。哪個才是對的呢？

「我在森林盡頭遇到牆的時候，便一切都懂了。那座牆之外，是虛無。」

「虛無？妳是說牆的另一側什麼也沒有？」

不可能。釧枝拚命地否定。自己是個從外地搬來的人，外面的世界不存在？世界只在庭園裡告終嗎？

「我們失去了過去，也失去了未來，但還殘留著希望，畢竟，我還能碰到牆。」

她微笑了。

但那抹微笑絕無僅有地，預示了她的死期。

說完那些話後不久，她便失蹤了。

那天，釧枝一如往常在工作的休息時間去到她家裡。釧枝與她以前在同一所工廠工作，他們製作的是大機器運轉時需要的小零件。機器零件又圓又小，彷彿吹口氣就會飛走，但這些零件到底用在什麼機器上，釧枝並不清楚，而且也沒有必要知道。

釧枝總是在午休時分來她住處。那一天從前一夜起便長雨不斷，是個惱人的日子，去到她家時，門並沒有上鎖。

打開門，向裡面呼叫她的名字，沒有回應。她的屋子裡有一種獨特的繃帶味，釧枝說了聲「抱歉」才走進門。

這棟屋子說是簡樸，還不如用「空空如也」來得更為恰當，但現在連屋子的主人都不知去向。床上留著前一刻還有人躺過的氛圍，但已無一絲餘溫。釧枝打電話給工廠，確認她是否有過去，但好像沒有。釧枝拉開窗簾，望著雨水浸濕的室外景象，到處都沒有她留下的痕跡。

釧枝待在她房裡等待。天黑了，雨越來越大。釧枝這才領悟，她不會再回到這裡來了。他在這個單調乏味的房間裡唯一留下人跡的床上坐下，凝望著這個除了寂靜外什麼也沒有的空間。房間的空氣很清新，他深吸了一口，聞到了死亡的氣味。

失去了她，才第一次感覺到痛心的愛。這份感情他遺忘已久了，為什麼會忘了這麼重要的事呢？回憶起來，他發現兒時確實存在過的種種情感，現在都丟失了。釧枝無意識地抓緊手邊的床單，想把摸得著的任何東西都撕得粉碎。然而，他並沒有這麼做，因為年幼放任感情的時代已經過去了，而且最主要的是這個房間沒有任何可以破壞的東西。她離開的方式太過井然有序、太美，令他感到悲傷。

釧枝逕自躺下，把臉貼在床上，回想她的種種，探尋她的體溫和味道，但什麼也沒有。原本釧枝就不記得她的體溫和味道，他記得的只有繃帶獨特的氣味和藥味。

她從小就是個不正常的人，她的言行舉止在鎮裡的孩子們看來，大多顯得怪異。但是，只有她接納了他這個外來移民之子，雖然她根本不清楚釧枝的外來身分，兩人是自然而然漸漸走在一起的。

從小到大一直沒分開過，但現在她去了哪兒呢？

他忍不住開始想像。是森林，她莫非是到森林的深處，再一次確認世界盡頭的所在？釧枝想像著她說過的牆。比方說，可以把它想成是中世紀人們相信的地心說，星星繞著盤上的大地周圍運行。盤子大地的邊緣有斷崖絕壁，盡頭便是地獄。海水從絕壁永不停歇地奔騰而下。她所說的盡頭，或許就類似那樣。換句話說，古人說的斷崖絕壁就相當於那道屹立的牆，她說她是在森林裡看見的。

據她說，「偵探」是迷你庭園的管理員，她的理論是，偵探偶爾會走出森林，制裁鎮民是為了減少人口。迷你庭園有限定居住者人數，一旦人口超過這個界限，就得從中挑幾個人殺掉。

據她所言，徹底管制大眾媒體，是為了不讓住在裡面的人發現這一點。為了幫鎮民洗腦，讓他們相信早不存在的外界還正常存在著，所以才播放電視、廣播。鎮民全心依賴廣播。電視雖然也有影像，看起來比廣播更具體，但所有的新聞畫面，都給人做作的印象。釧枝原本以為那只是因為經過審查的關係，但如果照她的說法，這一些都是刻意製造的。

真正的本質在哪裡？

眼睛所見的事物現在逐漸成為不確實的虛像。自己所知、所見、所接觸的，包括連語言的意義也都——

不能再想下去。

釧枝在她床上換個姿勢仰躺，凝望她往日注視的屋頂。她究竟在那裡馳騁過什麼樣的妄想呢？迷你庭園的說法，一時間實在難以置信。他可以一笑置之地說，那都是沒有根據的妄想。

第一，釧枝是外地人。他從鎮外搬進來，所以了解鎮外的事。他知道世界不可能只留下這個小鎮獨存。但是，照她的說法，這也不過是被洗腦的看法。

迷你庭園全都是她的妄想，一定是的。

不過，就算是妄想，她的想像力還是極具說服力。在遠離想像和創造的生活中，她果然天賦異稟。雖然並不是沒有人質疑過「偵探」的存在，和這個封閉的小鎮，但能發表出像樣推測的，只有她一人。

釧枝回想起她的身影，當她在眼前時什麼都沒想過，但現在她的長髮、不服輸的眼神，羞怯而嘲弄的口氣、弱不禁風的身子，她的一切都讓他喜歡。雖然現在察覺已經晚了。雙目失明，臉上包著一圈圈的妳，就因為在森林盡頭完成了妳的妄想，才使妳看起來更接近完美吧。

黑夜過去，沒有人對她的失蹤表示關注。雖然她的朋友本來就不多，不過基本上鎮裡的人對別人都採取不干涉的態度。

得去找她才行。

她一定在森林裡。

釧枝決定進森林一趟。

尋找她的下落雖為第一目標，但他也想親眼確認她在森林裡遇到的東西。消失的小屋、無頭的屍體，還有「偵探」與森林盡頭的牆。尤其是她失明後遇到的那面牆，只要自己去看看，這個謎題不就能簡單地解決了嗎？

進森林之前，他把事情的來龍去脈，告訴在自警隊任職的朋友。他對釧枝說的故事嗤之以鼻，倒是很擔心進森林這件事。然而，他並沒有阻止釧枝，也沒有給任何具體的忠告。釧枝提到無頭屍體，但朋友只露出「那又怎樣」的表情。

下著小雨的清晨，釧枝披上有帽兜的雨衣，一手拿著手電筒進入森林。此時，釧枝無意識地想到，自己或許再也回不來了。濃霧形成的暗影，立刻在四周瀰漫開來。

小雨聲是森林的低語——現在回頭還來得及，乖乖回到別人為你設定好的日常生活就好了。

手電筒的光向前射去，彷彿這樣就能切開黑暗。

釧枝一開始便在看得到森林出口的堅實老樹幹上，綁了防水膠帶。把膠帶捲放進背包裡，讓它自動放出來。如果在森林裡迷了路，就可以沿著膠帶走回去。

在廣闊的森林中要找到一個人，無疑是大海撈針。不過如果今天找不到，下次再來就行。如果下次也找不到，那就再下次。或許應該盡快把她找到，或許應該趁她還活著的時候，將失明迷途的她救出來。但是，釧枝對她的存活幾乎不敢期待。

她恐怕有意到森林裡尋死，釧枝這麼想。因為明明兩眼都看不見，卻故意進森林，思前想後除了這個答案，再無其他。

進入森林中後，小雨幾乎不再礙事，覆蓋住天空的枝葉，替他遮住了雨。但是潮濕的空氣沉澱在地表，像雲霧般漫溢著。

「偵探」就住在這座森林的某處吧？現在他已經察覺到自己入侵了他的領地吧？釧枝繃緊神經，窺探四周。據她所說，只要遇到「偵探」，他就會把你的頭砍下來。所以必須處處提防。在小鎮裡順從生活的話，「偵探」並不會來打擾──他想起自己說過的話。糟了。既然自己擅闖森林，真要被砍頭也只好認命。

儘管如此，偵探究竟是什麼？越想越覺得他全身充滿了謎。

森林的綠意漸越濃密，越往深處走綠意越是蒼鬱，釧枝想起她說過的話。

繼續向前走，霧氣濃重，天色陰暗，彷彿現在就快遇到她了。但防水膠帶已經用到盡頭。再往前進意味著他將被森林封閉。釧枝不知如何是好，過了一會兒決定回到鎮裡去。

他開始收起膠帶。

膠帶扯動的感覺有些異樣。雖然從觸感上綁得依然很扎實，但就是哪裡不太對。他的指尖開始冰冷起來，呼吸加速，急忙順著膠帶跑起來。

沿著膠帶走了一會兒終於看到終點的大樹。膠帶仍然綁在樹幹上。

釧枝倒抽一口氣。

不是這裡。

這不是森林的出口。

他四處張望都看不到走回小鎮的路。走進森林時，他明明選了一棵一眼可以看見出口的樹。

有人把膠帶換了地方。

恐怕是在中途悄悄地切斷膠帶，再把末端隨便綁在另一棵樹。

誰會做這種事？

是「偵探」嗎？

釧枝尋找膠帶被切斷的另一端，如果找到的話，就能走出森林。

沒有。

在哪裡?!

因為焦慮而盯著腳邊左右亂跑的結果，釧枝突然發現他不知自己身在何處。

他停下腳步深深吸了一口氣，平復紊亂的氣息。

別害怕，沒什麼好擔心的。

釧枝從背包裡拿出指南針，他知道出口的方向。說不定會繞遠一點，但只要跟著指南針，一定能走出森林。

指南針看起來功能正常，他朝著來時的反方向一路往前走，但不論怎麼走都看不見出口。周圍的景色千篇一律，乳白色的霧、灰沉的天空與陰鬱的樹林、樹林、樹林──如果這個世界全是虛構的，那霧可以說是最佳的舞台效果，它讓在森林裡迷路的人永遠走不回真實世界。不能急躁！不管森林是虛偽還是真實，只要能找到她就行了。

腳邊緩緩傾斜往下行，釧枝期待森林即將走到盡頭。

然而，下坡時，眼前卻看到一面很大的湖。幽黑的湖面與白色的濃霧融合為一，在眼前擴展開來。湖的對岸便是高聳的山崖，崖上是另一片森林。

釧枝茫然地望著平靜無波的湖面，指南針應該沒有壞，它應該帶領自己走回正確的方向。然而，為什麼眼前會突然出現來時沒見到的大湖呢？

是「偵探」搞的鬼嗎？

如果將來時路比喻為垂直線，則便是將膠帶末端做了水平的挪移，使歸途完全變了樣。從出發時便擔心過這個可能性，但怎麼也沒想過眼前會出現一座湖。而且在她的描述中也沒有這座湖。

只好繞湖而行了，釧枝開始沿著水邊前進。若是再停下休息，天色馬上就黑了。地面泥濘與卵石交雜的狀態，使他步履困難。沒了樹葉遮蔽頭頂，小雨籠住將他打濕。

不久，霧中出現了一個模糊的人影。

那個人影似乎倒在湖濱上。

會是她嗎？

釧枝發足奔跑。

那模樣很詭異。

看起來像是人形，然而姿勢卻很難稱得上是個人。

淡藍色洋裝確實是她的衣服，但是呈現褪色、髒污、破爛的狀態。洋裝裡的東西，再怎麼看都只是切碎的肉塊。

釧枝花了相當的時間，才辨認出那是被肢解的屍塊組合成的。但是，他的全副神經、感官，以及意識都拒絕接受。不可能。這種東西絕不可能是人類，也不可能是她。

一隻手腕被丟棄在水邊，手腕以下不見了，手臂到肩膀的部分也沒看到。手腕上有道面熟的擦傷，丟在一旁應該是腳吧。膝蓋上也有新舊的傷痕。其他部位和著污泥和血，完全看不出它原來的形狀。破碎不全，破碎得近乎執著。手腕、手腕、手腕、腳、腳、手指、手腕、腳……

屍體流出的血水將水邊染成一片殷紅，發出黑白世界裡唯一的強烈原色。

身軀的部分，排列在洋裝下面並沒有暴露出來，也就是說，是把脫下來的衣服覆蓋在屍體上的狀態。釧枝提不起勇氣去掀開來確認，他還無法相信眼前的事實。超過忍耐極限的恐怖，凍結了他的神經。

為什麼她得承受這麼殘酷的待遇！

釧枝無力地癱跪在地上。

她在何方？

眼前支離破碎的屍體是她。
她的頭到哪裡去了？
找不到。
難道，在森林裡遇到的屍體一定都是無頭屍嗎？
倏地，他發現地上掉了一個白色的東西。
那是繃帶。
拿起來仔細端詳一下，繃帶與他幫女孩剪下的幾乎長短一致。
沒有錯。分割的屍塊真的是她。
釧枝湧起一股尖叫的衝動，在那瞬間他已經叫出來了。尖叫聲驚嚇到湖畔的鳥，霎時群鳥驚飛，看上去彷彿湖上有一片歪斜的霧。森林在搖晃。
下一秒鐘，釧枝只覺得視野白茫一片，完全不清楚發生了什麼事。那是一陣衝擊。不知何時，眼前只剩下地面，還有強烈的疼痛、麻痺，後腦的灼熱和腳步聲。
他使勁翻過身，看到一團黑影，森林陰影的延伸。那個黑影手上握著一支棒狀的物體。是「偵探」！
說時遲那時快，「偵探」手上的棒子已然揮下。
釧枝即刻以雙臂護頭，手腕發出不妙的聲響，想是斷了。雖然手腕下端產生彈開的感覺，但手指還能動。
釧枝站起來，舉步奔逃，手上還緊緊握著她的繃帶。

「偵探」立刻追上。

搖晃的視野，踉蹌的腳步，釧枝像在探索前方般，伸出兩手在前方揮舞，證明他混沌的意識追不上本能想逃的身體。

釧枝拚命逃。

森林沒有規律，圍繞小鎮、井然有序的形象已經不再。

瘋狂的所在。

釧枝在森林裡。

背後的腳步聲越來越近。

還來不及回頭，釧枝已在森林深處，發現了它。

牆。

森林盡頭的牆。

霧的後方屹立了一道牆。

她的話果然是真的。

原來如此，這世界果然是虛構的。連自己的記憶都是別人捏造出來的。釧枝在朦朧的意識中，凝視著森林盡頭的牆。牆的另一邊是什麼？是漆黑的虛無？還是她已去的天堂？無法知道牆後的謎底，他實在不甘心。但他終於知道，女孩為什麼失去雙眼後，還要再回到森林。

他不能白白地送死。

眨眼間，頭部一個重擊。

啊，結束了。

看到牆壁時，他察覺那上面畫了一個熟悉的印記。那是小鎮裡人人都見過的紅色印記。

但是，還沒來得及思考它的意義，釧枝已失去意識。

又完成了一具新的屍體，站在一旁的「偵探」快速動手準備，好將它做成無頭屍。

第一章　失落小鎮的印記

帶著夏日餘溫的海浪突然退去的剎那，淹沒小鎮的面貌清晰地浮現出來。銀鰭的魚群游過橫跨海底的鐵鏽天橋，看起來像是一整列霓虹燈，垂掛在通往深海的大道上。

我在海底悠然地潛泳。我喜歡海，游泳、潛水都喜歡，但最喜歡的是沉入海底的小鎮，那裡有一種孤涼的美。沉入海底泡沫的幽暗中，游過無人的街角時，我驀然有種與人擦身而過的感覺。陌生的人行道卻有著莫名的懷念，漆黑的窗口像在呼喚我，沉沒的小鎮像是埋藏著世界的秘密。我閉著氣繼續潛行，彷彿擔心它會從我面前溜走。

鑽出海面換氣時，我察覺到海風已稍有寒意。這風帶著晚秋的氣息，於是我停止海中探險，回陸地上去。由於我穿著衣服下海，濕透的衣服更覺寒冷。

走上鋪了柏油的海岸，回到放鞋和背包的地方。

無人大廈的一角停著一輛黑色轎車，矮胖的小型高級車，車體正熠熠發出格調高雅的耀眼黑光，與這個荒廢小城完全不協調，散放出突兀的氛圍。

望進車子後座，一個眼眸烏黑的少年正以冷漠的表情看著我，也許他是透過了我凝視大海。不過，他的視線一與我交會瞬即轉開，嘴唇動了動，對司機說了什麼。沒多久，他乘的轎車便駛開了。

駛過身邊時，他再度瞥了我一眼。大大的丹鳳眼微微下垂，一副漠不在乎的模樣側眼看著我，消失在灰色的廢墟後。

秀麗的黑髮直到最後都令人印象深刻。

他是何時來到這裡，何時開始望著海呢？我在海裡游泳的經過，他都看在眼裡嗎？

我脫下水手領上衣，把水絞乾，從背包裡拿出預備的衣服——那也是英式水手服——換上，短褲則沒換，就這麼背起背包往鎮裡走去。

沒過多久，我又見到那個少年。

沿著進城的林道旁，有棟大屋吐著黑煙燃燒起來，它好像召喚著正要前往鎮上的我。於是，我停下腳步往火焰跑去，越接近屋子越感受到猛烈的熱浪襲來，飛出的火花像微生物般在空中飛舞一番，才力竭地掉落地面。周圍的樹林發出令人憂慮的聲響陷入嘈雜中。

儘管這棟屋子地處偏僻，但有不少人前來，遠遠觀望這場大火。他們不約而同地目瞪口呆，眺望著越來越強的火勢。從他們的對話，和混著油味的火可知，這場火是焚書造成的。

任何人都不得擁有書本類的物品。

焚書指的是燒毀被禁的書籍。如果政府人員發現屋裡藏了書，便會一把火把藏書處燒個精光。家中不得存有任何書本，這是稍早時代所定下的規則，我們都生在那種規則建立的時代，所以我連書長什麼樣子都不太清楚。

我加入看熱鬧的行列，雖然熱浪熏紅了臉，我還是走近了屋外的鐵欄杆處。那是一棟西式建築，前面有個小花園和大車庫。我抓住欄杆，從鐵條間往裡面探索，想看一看書本的盧山真面目。雖然說大致都已經燒光了，不過我還是凝目搜尋可能留下的任何殘骸。穿著老鼠灰防火裝的人群，聚集到屋子周圍。他們擺出機械式的動作，魚貫進入屋子。

我看到大門附近停了一部黑色轎車，就是在海邊遇到的那部。車上似乎沒有人在，是這家人的車子嗎？還是……

我更加好奇，攀住欄杆使勁地伸直背脊，透過窗口往屋裡瞧。

那個黑髮少年在裡面。

他穿著比綠更濃，比黑更深，顏色有如暗夜森林的緊身外套，修長的身軀倚在窗邊。不論髮型，還是他那神氣冷淡的態度，都像個日本人偶。他絲毫沒有想逃出來的打算，表情沉著地望著在屋裡來去的防火裝男人。火勢還沒有接近他的周圍，但是，在他上方的二樓已經冒出火舌，說不準何時屋子會崩塌壓到他身上。我心裡乾著急，觀望著他的一舉一動。

他似乎感受到我的視線，忽然朝我看來。

這次我先轉開了視線。

我飛也似的轉身離開，而且沒再轉頭看，因為我怕一回頭又會與他四目相接。一方面有點窘，但最重要的是少年大大的眼眸中，有一股難以言喻的靜謐，清亮得如同一面鏡子，彷彿映照出什麼不能見人的真相。

少年在焚書的現場做什麼呢？

我一面思忖著，再次踏上往鎮裡的路。

不久後，夜色漸深，我決定到路旁的廢屋捱過一宵。

混凝土建的立方體廢屋，被高及人身的雜草所掩蓋。從破裂的玻璃窗和沒有門的玄關看來，這棟房子確定早已沒有主人。整個屋子只蓋了混凝土結構，連屋頂都是糊了一層薄薄的水泥。屋頂腐蝕的地方塌陷，破了一個洞。月光穿過薄雲，將塵埃滿佈的空氣聚成一束光。

我以翻倒的衣櫃為床，在上面躺下，但卻沒有什麼睡意。我還籠罩在焚書的熱焰中。翻身的時候差點摔下床，最後，一整晚我一直從屋頂的洞望著夜空直到天明。

天色還沒轉白前，我便走出廢屋再度邁開步伐。

西方的天空還有點點殘星，然而瞬即被不知何處飄來的雨雲掩住，連最後一點星輝都不剩，同時還降下雨來，於是我加快了腳步。

起伏平緩的林道無盡地延伸著，這是條漫長的直線道。道路在多年前就已放棄整修的狀態，雜草的綠色比白線還明顯。有些地方缺了一大片柏油，很可能是地面滑動造成的。我為了跳過這些窪洞，費了不少力氣。

過了半晌小鎮終於在望，看得出住家和廢屋交雜並立，如果屋子沒點燈，說不定整個鎮就會像個完全的廢墟了。我昨晚過夜的粗糙混凝土屋，這裡也很多。而且雨水浸濕後，整個染成了鐵灰色，宛如一個個暗淡的立方體，胡亂堆疊成一個小鎮。

走到紅磚鋪的道路後，我的腳步聲彷彿鑽入水泥建築的縫隙般消失了。這是一座死寂的小城，路上完全沒有人通行，連車輛來往的聲音都沒有。灰色的住宅區缺乏生命，令人想起水底的城市。

空地上有汽油桶燃起的火堆，可能剛才還有人在，但現在四周看不見一個人，好像鎮上的人突然消失，只剩下我。家家戶戶都還點著燈，所以應該都還在吧。他們屏住氣息躲在家裡，所以城裡的空氣才會如此肅殺。細長的人行道上，不知道是搞錯了時間，還是因為天色太暗，路燈在雨中孤獨地亮著。

可能時間太早吧，我沒太在意，開始尋找旅店。再耗下去一定會把全身打濕。

就這樣在鎮裡轉悠的時候，我看到幾個奇妙的景象。

每當我望向住家的窗邊，就看見人影晃動，然而只一秒就消失了。他們像是商量好似的，一發現我就馬上把窗簾拉攏，像要掩蓋什麼不可告人的事。拉窗簾的聲音就像小刀劃破東西一樣。

顯然，我被居民排斥了。

在這個小規模封閉社群到處分佈的時代，像這種對異鄉人無免疫力的地方並不少見。只是，這個鎮有點詭異。

我漸漸升高警戒，謹慎地觀察四周狀態。然而，我似乎才是被觀察的對象。窗簾縫隙裡窺伺的眼，從二樓窗口俯視的眼，躲藏在暗處的眼，從遙遠某處凝望的眼……暴露在視線中讓我渾身發毛。

我驀然停下腳步。

在一戶民家之前。

這是一棟砌了泥牆的木造平房。褐色屋頂與土色外牆，看起來既不起眼也沒特色。在新興的水泥立方建築的街景中，偶爾也有幾棟這種老房子。從大門周圍的整潔可以想像得出，它並不是廢屋。只是這棟民房的大門上，與其他建築有個顯著的不同。

木製的大門上，畫著一個大大的鮮紅十字記號。

這景象怎麼看都很突兀。在這座彷彿沉在大海裡的鎮中，那塊紅實在太醒目了，即使在雨中依然保持原有的顏色和形狀，完全不受影響，讓人懷疑會不會是昨天才剛漆上去的。從筆觸的凌亂，可知它並非室內設計的一部分，有點像是小孩的亂塗鴉，然而又太成熟了一點。十字架這種意象，讓孩子來做未免太過宗教化。

十字架？

——應該是十字架。之所以沒有十成的把握，是因為那個十字架與一般教堂看到的形狀略有不同。

這個十字架的橫木兩端有點向下垂，而且末端形成銳利的尖錐，令人想到動物的角或牙，從十字交叉處開始，直木往上和往下都從一半開始變粗，末端也是一樣尖錐形。看起來像個有點歪的十字架。

或許它根本不是十字架，而是只有鎮民才知道的記號。或是全日本都知道，而只有我不知道的某種印記吧。

即使是如此，在民宅門板留下這種形狀，似乎不太恰當。現在這個屋裡好像沒有人在。

我懷著疑惑離開門前，畢竟站在人家門前東張西望太不禮貌，而且我全身都淋濕了，冷得直發抖。

我得找個躲雨的地方。

不見人跡的道路底端，有棟房子像是空屋。一樓部分建成車庫，壞掉的鐵捲門卡在上方，裡面空空如也，並沒有車子。我決定先到那裡躲躲。

車庫裡飄蕩著微微的汽油味，我吸了一口氣，揮揮濕透的頭髮，把水滴甩掉。濕掉的衣服，我倒不怎麼在意。從卡住的鐵捲門下仰頭望天，我嘆了一口氣。

「什麼人？」

突然車庫後方的暗處有人出聲，我嚇了一跳。

一回頭，有個男孩站在那裡。

那是個瘦小的男孩。他的大眼幾乎佔了瘦削臉頰的大部分，此時卻瞇得細細的露出少許猜忌。眼睛上方剪得笨拙的齊平劉海，顯出他的稚氣。他應該比我年輕，然而緊閉的嘴唇、皺在一起的眉頭，都展現出很獨立的個性。

他坐在輪椅上，膝頭鋪著一條毛毯，小小身軀彷彿包裹在輪椅中。

這屋子的住戶嗎？

我立即向他道歉。

「對、對不起。我只是想避個雨，沒有其他不良意圖。我現在就離開。」

「等等！」少年出聲。

我停住衝進雨中的念頭。

「你是從鎮外來的？」

「……是。」我小聲地回答。

「真的？太棒了！」

少年不知何故面露喜色。我還在困惑的時候，他已推著輪椅向我靠近，興趣盎然地從下方仰視我。我往後退了幾步，再退就要回到雨中了。背後響著滴滴答答的雨聲。

「嗯，外地人果然就是不一樣。」

「請問……請問……」

「哦，你不用擔心，我也是進來避雨的。倒是你，多說點外面的事嘛。你從哪裡來的？到這裡做什麼？一個人來的嗎？今年幾歲？」男孩朝我越走越近。「你全身都濕透了，沒帶傘嗎？」

「我……沒傘。」

「那我借你吧。不過，你要幫我個忙做為報答。」

「什麼忙？」

「老實說，我只有一把傘。我可以把傘借你，但你得送我回家。很簡單，就是推輪椅。這樣我們兩個人都不會淋濕。」男孩露出淺淺的笑容。

「怎麼了，為什麼一臉擔心的表情？」

我對男孩的警戒還沒有卸除。再怎麼說他都是我在這個陰鬱小鎮見到的第一個人，這個小鎮對我不友善，因而他那開朗的笑容顯得特別脫離現實。雖然看起來應該不是壞人……

「對了，如果你要找個落腳的地方，就乖乖送我回家。因為我家就是旅店。看到稀客上門，我爸爸應該會很高興。」男孩說完又衝著我笑。

我決定相信這份幸運，還有他的笑容。

我們在雨中一起走下凹凸不平的紅磚路。我左手拿著傘，右手握著輪椅的手把。鎮裡還是不見人影，不過我已不再是獨自一人，有輪椅男孩陪著我。

「我叫悠里。」輪椅男孩說。「你呢？」

「克里斯提安納。」我答。

「克里斯提？……什麼？」

「叫我克里斯就行了。」

「嗯，好的。」悠里回過頭，仰頭看我。「把傘拿高一點，對，就這樣。謝謝。你從哪裡來的？」

「英國，一個叫倫敦的地方。」

「那一定是個很遠的地方吧。」

他肯定無法體會那麼遠的距離吧。我離開倫敦，經過南安普頓搭船到日本已經一年多了。時時刻刻想念的那座教堂，是我出生長大的地方，而現在還安在嗎？說不定已被氾濫的泰晤士河沖毀了。

「這個鎮跟外面比起來，有什麼不同？」
「很安靜，好像大家都不在。」
「因為最近怪事頻傳……」悠里拉長了尾音自言自語道。
「鎮上發生什麼事？」
「咦？你沒聽說嗎？你才剛到鎮上對吧？」悠里聲調裡略帶驚奇。「以後再告訴你好了。我們還是先趕路吧，雨好像變大了。」
我依據悠里的指示走進小鎮。但即使走了好一會兒，也沒有任何事物改變我對鎮的第一印象。倒不如說，陰鬱的感覺變得越發強烈。舉目所及之處，除了立方體的水泥屋、波浪板屋頂的工廠與煙囪外，就是鐵捲門生鏽的商店街，和草率鋪設的紅磚道。
不久便看到悠里的家。瑞典式建築，前面有一層較高的門廊。優雅的印象是這個小鎮所沒有的，但是扶欄和支柱、階梯和地板都沒有用白漆重新粉刷，維持原有的狀態，因而彌漫了一股鬼屋的氣氛。這棟小屋只有在門廊階梯邊的箭頭招牌，標示著旅店。筆直的紅磚路通向招牌處，在那裡告終。屋子的後面就是森林。被大雨浸濕的黑色森林，看起來有如圍在古老鬼屋四周的黑帳。
「歡迎來到『皇家翡翠城』。」悠里唐突說道。
我拿著傘，來回看著悠里和眼前的鬼屋。
「沒聽過旅店用這種名字……」
圍繞在旅店四周的森林，雖然是濃密的深綠，但並不像翡翠那般鮮麗，更何況中央那棟白漆斑駁的小屋子，與所謂的皇家和翡翠之城，未免也相去太遠。
繞過正面玄關的門廊來到屋子側面，有一條輪椅可以上去的斜坡。不過它也只是把扶欄拆掉、地上鋪了一層厚木板做成的坡道。我把悠里的輪椅推上去。
悠里拉了一下玄關的門鈴繩。那條繩子的長度正好垂到悠里觸得到的地方。
門立即開了，一個男子從裡面衝出來。
「你跑哪去了？悠里！」
粗嘎的吼聲越過悠里的頭頂直貫進我耳裡，我不覺退了一步。眼前站著一個體格壯碩、肌肉發達的男人。他手抓著門把直到現在還發出聲響，令人擔心是否要把它捏碎。
「我去散步嘛，有什麼好緊張的。你不是說，舒服一點的時候可以出去嗎？」
「你說什麼鬼話！外面在下雨呀。下這麼大雨，你怎麼能在外面亂走？萬一身體淋濕感冒了怎麼辦？拜託你多注意自己的身體好嗎！下次再這樣隨便出門，我就不准你出去了。」
「別緊張嘛，只不過出個門，我一個人行的，誰知道會突然下雨呢！」
「突然?!你也知道突然？好，那我問你，如果突然發作的話怎麼辦？沒有人能救你哦！而且，如果『偵探』來了怎麼辦？」
——「偵探」？
他的話引起我的興趣。
「偵探」……會來？
「爸，你根本不了解我的心情！」悠里憤憤地說。他回頭看我，「克里斯，我先回房間。

這裡實在吵得受不了。等一下你到我房間來。」

悠里說完，便穿過還在高聲叫罵的男子身邊，往屋裡走去。我本想制止他，但這突發狀況令我啞口無言，我一向不善應付這種場面。

門前只剩我和那個生氣的男子。

「你是誰？」

男子瞪著我，看來是把失去對象的怒氣轉到我頭上，而且似乎現在才注意到我的存在。

「這、這個……」

我挺直了胸膛，像個白金漢宮門前的禁衛軍，為了配合那男子的怒斥聲，不知不覺我的聲音也變大了。

「我想今晚在這裡借住一宿。」

「你說什麼？」

「我在找個投宿的地方。」

「你是旅客?!」

「是。」

「是嗎？原來是客人！」男子的聲音驟然平靜下來。「真抱歉，這裡很久沒客人來了，幾乎忘了我們是經營旅店的。這個鎮上，只有想找人傾訴的獨居老人，才會來這兒租房。」

男子兀自嘀咕著，幫我把門敞開，還舉起右手輕輕揮了揮，好像在說：「來啊，進來吧。」我這才好不容易進到屋裡。

大廳四面全是裸露的木材，用「大廳」這個詞來形容是否合適，都還令人存疑。什麼維多利亞時代風格、洛可可情調的室內裝飾，這裡都看不到，說好聽點，算得上是山居小屋的風情，但說難聽點，就是簡陋馬虎，毫無待客之道。當然我對這種地方不抱期待，只想當個落腳的地方。如果可以的話，再有一頓熱食就夠了。

體格壯碩的男子依舊唸叨著，走進大廳櫃台。他的每個動作都像永遠一樣漫長。

「坐下！」

我依著他的命令，坐在櫃台前放的圓椅上，兩隻手不知該往哪兒放，最後安置在膝頭上。

男子從櫃台底下拿出一塊小黑板，一手撐著黑板，另一手用粉筆在上面開始寫字。顯然他便是「皇家翡翠城」的老闆。

「單身旅行？」

「是。」

「幾歲？」

「十四歲。」

「從哪裡來？」

「英國倫敦。」

我故作老練地坐在椅子上回答，像在接受審問。櫃台後的大塊頭男子，與其說是旅店老闆，倒更像在人煙稀少的寒山上養山羊的牧羊人。他的臉和手臂都佈滿濃毛，脖子比一旁的柴薪還粗，他始終用威嚴低沉的嗓音質問我，令我想到一隻聽不懂人話的山羊。

「你還真是遠道而來，我們這兒第一次有外國旅客，而且你的日語說得真好。不過這不重要，反正溝通上沒問題就好了。那你叫什麼名字？」

「克里斯提安納。」

「克里斯瑪斯（耶誕節）？」

「你叫我克里斯就行了。」

「有錢嗎？」

「哦，有的。」

我把背包放下來，從裡面拿出卡片。那是英國銀行發行的現金卡，可以直接當作貨幣使用。

「你要住幾天？」

「這……」

「還沒決定嗎？」

「是的。」

「沒關係。你想離開時再說就行，反正沒有人會質問你何時出發。這個鎮裡不會有人管你的。請先付三天的住宿費。」他一面說，一面將我的卡通過機器。

「如果你提早離開，我會退錢給你。如果延長時間，再請你補費，可以嗎？」

「可以。」

我接下現金卡放回背包。

「沒有計畫的旅行嗎——我小時候也嚮往過，現在已經變成悠里的夢想了。」旅店老闆搓搓臉上的鬍碴，嚴肅的表情也稍微柔和下來。「年紀小小就敢長途旅行，令人佩服。而且，跟我家悠里比起來，你沉穩多了。嗯，是教育的差距嗎？我帶你到房間去吧。我們這裡簡陋、灰塵多、景觀又差，不過床倒是一等一的舒適。」

在老闆的帶領下，我往走廊後頭走去。由於旅店不大，所以房間數也有限。住客當然除了我之外，沒有別人。走廊上擺著枯死的植物、斷線的網球拍、古董級收銀機，還有一些不明物品，堆放在擺在不明的位置，我得一邊閃避著才能前進。腳偶爾踢到應該不是什麼大問題吧。不管下榻環境怎麼樣，至少老闆接納了我，可以暫時放下心來。老闆對外國人完全不帶有色眼光倒讓我相當意外。

走進房間，柔和的木料香味撲鼻而來，老闆說的一等一的床放在房間一角，床邊是窗台和鏡座，床舖看起來的確很軟，似乎很舒服。

窗外雨聲嘩嘩作響。

「這裡就只有我、我兒子悠里和大廚在工作。詳細的規約悠里比我還清楚，你問他吧。三餐的部分我全部交給大廚，如果有什麼需要，隨時問他。衣櫃旁有電話直通櫃台，只要我沒在睡一定會接。」

「謝謝。」我深深地行了個禮。

「簡易衛浴在這裡，裡面也有馬桶。」他打開身旁的門。「英國人有泡澡的習慣嗎？反正你要洗哪種都行。如果想泡大池，走廊盡頭那裡有個大浴池，你也可以用。」

「有淋浴設備就行了。」

「嗯，毛巾在那裡，快把淋濕的頭髮擦一擦吧。」

「好。」

「還有，我們旅館為了節省用電，屋裡都點蠟燭，蠟燭再多都有。」

「好。」

「房間的部分大概就是這樣——」老闆的視線從我身上轉開，望向窗台。「你當作是提醒或是警告都行，我建議你最好不要在外面到處亂跑，尤其沒有特別原因的話。最近發生了不少事情，大家都有點神經緊張。像你這樣的外國人出現，他們會以為又有什麼事了。沒什麼惡意，不過不怕一萬只怕萬一，你最好心裡有數。不過，你看上去只不過是個孩子，應該不會被當成什麼問題。我說的，你懂嗎？」

一個念頭突然閃過。

「昨天晚上，我在來這裡的路上，看到一棟大房子起火。」

「焚書吧。」老闆面無表情地說。

「這個鎮因為焚書出了什麼事嗎？」

「我不知道。」

主人冷冷說完，疲倦地搖搖頭，垂著肩膀走出房間。他猛地回頭說道：「不好意思讓你推著悠里回來，大雨中推輪椅很累吧。他那孩子身體狀況舒服點，馬上就想跑出去玩，我也很頭痛。」

「他身體不太好嗎？」

「馬馬虎虎啦——不過，你對他以禮相待，我也會對你待之以禮。這跟你是外人，還是英國人沒有關係。懂嗎？」

「謝謝。」

「如果有空的話，請去陪陪他。」他背向我。「我叫朝木，是悠里的父親，這家旅店的老闆，多多關照了。」

目送朝木老闆離去後，我躺到床上。從窗簾縫看出去的景色，是清一色的森林。森林前佇立了一排室外燈，應該有宣示鎮區與森林界線的意味吧。說不定這個小鎮也只不過是海岸線被侵蝕後，人們逃到山裡形成的小聚落而已。

奇妙的小鎮，這個地方到底發生了什麼事？

從我淺薄的經驗中早已得到一個教訓，那就是在旅途中絕不干涉當地發生的問題。但是，好奇心總驅使我多管閒事，因而吃了不少苦頭，或許聽朝木老闆的忠告，別在附近亂跑，休息個三天之後，就往下一個城鎮前進比較好。

不過，我可能不會這麼做，悠里和朝木談話中出現的那個字眼，實在讓我很難不放在心上。

「偵探」——

回想起來，這似乎與我湊巧看到的焚書場面有什麼共通之處。

閉上眼睛，火焰的顏色在眼簾內甦醒，把屋裡書本燒個精光的無形、熾熱的紅，那股熱浪的餘燼彷彿還殘留在我的皮膚上。那棟屋裡是怎麼燒書的？它會怎麼樣變黑，又怎麼樣變成灰？

這個小鎮藏了什麼秘密嗎？

一回神我已經睡著了。夢中房屋燒了起來，我想從火焰中逃出才驚醒過來，全身熱騰騰的。我到淋浴間把自己洗乾淨，換下濕衣服。

突然房間的電話響了。是悠里打來的，他說午飯準備好了，我聽完他的說明，走出房間前往食堂。食堂從大廳另一個門進去，裡面並排了兩張木製長桌，有一面牆鑲了落地窗，在外搭建了木板陽台，但沒有屋頂。如果現在開了窗到外面，雨一定會打到屋裡來。在我睡著的時候，雨還是下個沒停。

食堂準備好的餐點是一盤特大號的歐姆蛋。

「吃午飯嘍。英國也有歐姆蛋嗎？」

一沒留神，悠里已在我身後說道。

「有是有……可是這個太大了。」

「薙野叔太興奮了。他是這裡的大廚。不過最近他有點消沉，說自己老在打雜，廚藝都無用武之地，聽到有客人來，他似乎很高興。」

「如果我吃不完的話，實在過意不去。」

「你說這種話會長不大哦，說不定很快就會被我追過去。」悠里開玩笑地說，「要不要牛奶，我去拿。」

「啊，不用啦，我來拿。」

「沒關係沒關係。」

悠里自己轉動輪椅走出食堂，沒一會兒膝上多了一個大瓶子回來，他的腳或許不方便，但他任意操縱輪椅的模樣十分靈活。即使如此，他的氣質優雅，實在不像是那個大熊模樣的嚴格父親所生。他可能比我還大吧？其實，現在我和他的身高幾乎已是不相上下了……

「謝謝。」

我拿過牛奶瓶，與他面對面在桌前就座。餐桌上鋪著白色的厚質桌巾，還按一定間隔擺設了燭台，裝點得宛如豪宅裡的餐廳。

「我聽薙野叔說，在英國大家都說英語，但克里斯會說日語？」

「對……小時候我母親便教我說日語了。我父母雖然都是英國人，但他們好像在日本生活了很久。尤其是我母親，幾乎沒離開過日本。」

「令堂現在在哪裡呢？」

「她被洪水沖走，不知道到哪裡去了。」

「是嗎，那克里斯跟我可以說同病相憐了。」悠里吸了一口氣，勉強露出微笑。「我母親也被海嘯捲走，失蹤了。很久以前的事。」

英國和日本一樣是島國，面對的環境問題一定類似。跟那些因海平面上升而國土完全沉沒的國家相比，雖然還算好，但英國現在的處境也很危殆。反而是日本因為治水設備完備，所以受災狀況較少。

我們花了很長時間慢慢地解決那盤歐姆蛋。

勉強全部吃光後，悠里一邊收盤子，小聲地對我說：

「到我房間來，我告訴你這鎮上發生的事。」

悠里的房間跟我的沒什麼差別，只是為了方便輪椅移動，撤除了鏡台，床的形狀也略微不同。桌上擺著白色耳機式收音機。學習用的小黑板隨意丟在一邊。黑板上寫了幾個我不會讀的漢字。

「漢字練習？」

「是啊。」悠里轉動輪椅，拿起黑板。「爸爸要我讀的。」

「真難得，既然用收音機學習，已經沒必要學那些困難的漢字了吧？」

「嗯，所以，我實在不想學這些沒用的玩意兒。光是廣播課程我就很吃力了呢。」

廣播告訴我們世上所有的事，以前記載在據稱叫「教科書」上的知識，現在如果把所有頻道加起來，可以二十四小時隨時聽到。塞了耳機就能學習，別說孩子們歡迎，連大人們都十分支持。因為大人們只要看到孩子在聽耳機，就能安心了。

書本已經從這世上消失，因而收音機的利用價值急遽升高。收音機頻道有各式各樣的節目，從教育到報導，日常必要的大小事件，幾乎全都能從廣播中聽到。不過，由於播放的節目理所當然都經過檢閱，所以，聽眾無法知道它是不是完整正確的訊息。

「找個空位坐下。」

在悠里的催促下，我坐在床上。

「剛才我要跟你說的事，不能在食堂裡說。」悠里把輪椅推到窗邊固定，像要揭發什麼秘密般壓低了聲音說道，「因為大人們不喜歡。」

「那些話可以對我說嗎？」我有點不安地問。「我是說——我是個外人……」

「沒關係啦。而且，克里斯已經不是外人了。我們是朋友呀。」

「哦，謝謝。」我衷心感到高興。

「所以，我才要告訴你這鎮上的秘密。」悠里小聲說道，「這個鎮上常有人消失不見。」

「消失不見？」

「沒錯，平常天天見到的人某天突然不見了，而且再也沒回來過。」

雨聲像要遮掩住他的話，但我沒錯過。

「他們只是離開小鎮吧？」

「每個消失的人，家當都還完好如初地留在家裡。」

「沒有人去找過他們嗎？」

「有人找過。但是，大家根本不抱希望。即便是家人，或是老友，他們通常只會找個解釋，說這些人消失一定有消失的理由，簡單搪塞過去。」

身邊的人不見了，這個鎮的居民還能若無其事地迎接早晨來臨嗎？我今天早上所見到，那份萬物死絕的寂靜，或許只是絕望的沉默，還是完全的冷漠？不管是哪個原因，但這個小鎮彌漫著一股不尋常的氣氛卻是事實。

「消失的人到哪裡去了呢？」

「他們根本無處可去。」悠里面帶笑容地說著，然而他的眼神中卻沒有笑意。

「沒有人離開過小鎮，但是大家都知道，消失的人到哪裡去了。」

「大家都知道？」

「對。」

「哪裡？」

「森林啊。」

悠里說這話時，旅店四周的森林響起喧然的嘈雜聲。

從窗簾縫隙看見的黑色森林，在大雨肆虐下正像生物般蠢動。

「大家一定到森林裡去了。」

「森林？」我故意不看窗外地問道，「也就是說他們遇難了？」

「遇難？……哦，你是說他們迷了路回不來？你想的沒錯。不過不只是那樣。有些做了壞事的人在森林中迷路，頭被砍下來，被人拿走了。」

「頭被砍下來？」

「是真的。我也看過頭被砍下、沒有頭的屍體。」

話題越說越脫離常軌。

我突然覺得有些難以呼吸的窒悶，果然這個鎮並不尋常。

「我像平常那樣推著輪椅，在清晨出外散步。森林入口處附近，有個沒頭的男人屍體躺在那裡。我的眼力很好，遠遠就注意到森林裡躺著一個男人，很厲害吧。不過，等我靠近一點，才發現那是具無頭的屍體。剛開始我以為他的頭被埋在地下，但並不是如此。怎麼看都像是頭被割下來。我遠遠看了一會兒，別的孩子們跑到屍體旁去了。他們沒發現我，說不定他們比我先發現屍體。他們也跟我一樣，好像是湊巧發現的。大約是三個男孩。他們觀察了屍體好一會兒，便回去了。」

「……然後呢，你怎麼辦？」

「我也回家了。」

「什麼？就這樣？」

「對啊。」

「沒去報警嗎？」

「……報警？」悠里睜大眼睛，「報警也沒有意義呀。警察什麼都不做。而且，我也不知道該說什麼。基本上，我根本不知道該怎麼跟他們聯絡。」

「是嗎？」

很多孩子並不清楚警察的功能。

幾十年前進行的全面焚書，據說斷絕了從前的野蠻思想，也撲滅了所有兇惡的「犯罪」。根據統計的結果，它並非妄說之詞，實際上，再也不曾發生過受人矚目的大案件。

本來發現可疑的屍體，必須要向警方通報。但在這個封閉的小鎮裡，孩子們連這種事都不放在心上。他們不是不知道警察，而是不懂得什麼叫「犯罪」，所以也沒有對應之道。

「沒有讓大人知道嗎？」

「沒有。因為大人們都討厭屍體。」

「討厭？」

「雖然表面上裝出不想理會的樣子，但其實大家都很害怕屍體。因為害怕，所以裝作不知情的樣子，努力告訴自己，它與自己無關。我們的生活四周不能有屍體——因為大人們知道屍體預示了自己的死。我們連屍體是什麼都不太清楚，怎麼可能知道呢！」

逃避死亡。

我們的時代充斥了太多死亡，因此才不斷地想逃離它。這個小鎮一定是死裡逃生的人們最後存活下來的地方。但是，他們不管再怎麼逃，死亡還是冷不防地找上門來。我們經歷過戰爭造成的巨大傷亡後，又眼睜睜看著天災奪走大部分人的性命。因此，害怕死亡的心情，連我這種小孩也都能深切體會。他們因此避諱屍體，不許它在自己的世界中出現。

這不是此鎮特有的感覺，應該說這是我們這整個時代所共同的看法。對我們而言，死亡是天災產生的，例如洪水、海嘯、颱風。在天然災害中犧牲的人在世界各地不斷增加，它的破壞力和殺傷力超乎人類的想像，讓我們陷入無力可為的境地。無頭屍體的出現，說起來還比災害中死亡的屍體要好些，因為更悲慘的屍體還不知有多少。就算是現在，在世界的某個角落，還有大量的屍體等著腐朽。

「後來，屍體怎麼樣了？」我問道。

「不知道。第二天我再去時已經不在了。可能是有人搬到別處去了吧？還是燒掉了，或是埋在墳堆裡。」

「這個鎮有墓園嗎？」

「沒有。所以我現在說的墳堆，是指有心人自己挖的。鎮裡的人死後怎麼處理，我不知道。雖然我還沒有參加過葬禮，但聽說屍體會立刻火化，骨灰撒進河裡流走。屍體不可以留在這個世上，多一刻都不行，我想不少孩子都沒看過屍體。我第一次見到的屍體少了頭，所以感覺有點可怕，不知道真正的屍體是什麼樣子。」

「結果那具屍體到底是誰的？」

「誰知道。因為沒看到臉嘛，而且沒了頭。別的孩子說，可能是幾天前從鎮上消失的那個人吧。」

「還見過其他失蹤者的屍體嗎？」

「我沒見過，但好幾個人都曾見過，我聽別人說的啦。」

人會消失的小鎮。

在森林發現的無頭屍體。

還有避諱死亡和屍體的居民。

我想起鎮民對我投射的陰沉視線，在這種瘋狂的地方，或許都把外人當作災難使者吧。

雖然表面上，這是個寧靜的小鎮。

「對了，有件事我很好奇……」我吞吞吐吐地說。「你父親說的『偵探』，你認識嗎？」

「唔——」悠里的表情明顯暗淡下來。

「這個鎮有『偵探』？」

「有吧。」悠里看著地上說，「我猜。」

「真的？」我不覺提高聲調，「告訴我『偵探』的事。」

我請求悠里。他露出猶豫的表情，瞥了一眼窗台，才轉頭看我。

「你今天累了吧？克里斯，好好休息一下。」

「我不累，所以——」

「明天再說。」悠里打斷我，「我有件東西想給你看，跟『偵探』有關的東西。看了以後再說。」

「給我看的東西？」

我一頭霧水，但是再追問下去恐怕會讓人厭煩，所以順從地點點頭。

「今天晚餐的時間是七點。我會用電話提醒，你可以先去睡一會兒，我覺得你好像沒睡飽呢。」悠里又恢復開朗的表情，「對了，克里斯，你身上有股海水的味道，好好洗個澡吧。房間裡有簡單的衛浴，讓你隨意使用。」

我依他的話回到房間，再次沖了個澡，回床上休息到晚飯時間。晚餐是用山菜做的日本料理，久違的豐盛餐點，讓我儘管不怎麼餓還是胃口大開。晚餐十分可口，只可惜悠里、老闆和大廚好像都在忙，沒有上餐桌，成了我一人獨享的晚餐。

說不定我還沒有被這個鎮完全接受。

這小鎮有「偵探」存在。

——原來真有「偵探」這種人？

說起「偵探」，它是「推理」消失前最重要的角色。「偵探」是秩序的象徵，正義的象徵。他能將零碎不可解的謎題重新組織、恢復原貌，是個了不起的人物。有時他勇於抵抗手持兇器的壞人，有時解救受災受難的人民，這是推理小說黃金時期到末期出現的種種偵探面貌。在焚書時代，他們曾被視為一心赴死的狂人，但在這個死亡慘烈的時代，又有誰能像他們這樣勇敢地迎向死亡呢？

曾經，「推理」中描寫了各種形態的「犯罪」。「推理」中記載了人可能犯下的罪惡種類。死、暴力、惡意、詭計……推理會將它們時而以荒謬、時而以複雜的謎呈現出來。在那個將死亡和暴力當作娛樂來消費的時代，確實是如此。

然而，現在，包含「推理」的所有書籍文物都逸失了。

時代不再寄望於書了。

戰爭和大規模天災，耗損了大量的鋼鐵和人命，於是自然把罪歸咎到提醒人死亡和暴力的書本上。當局下令不准讀也不准出版，焚書的時代就此開始。書無法抵抗，既然被斷定為有害，就只有被燒成灰的分。

人類殺害彼此、傷害彼此，搶奪別人財物等犯罪的行為，都因為焚書形成的效應而變得幼稚化，也容易被檢舉。不久，犯罪的人、案件逐漸減少，書本的禍害造成罪與罰的社會，也漸漸蛻變為理想的、誰也不會受傷的世界。「犯罪」這個字眼失去了意義，改變了面貌。到了我們這個時代，所有的「犯罪」都不再存在。

不過，因為案件減少，警方的能力趨弱卻是不爭的事實，很多時候都不具有即時直驅現場的機動性。由於人數有限，因而管轄區域非常遼闊，想來這個鎮也沒有警察署吧。所以孩子們連警察都不知道。沒有必要知道。

焚書是從英國開始的，自工業革命開始的時代因而結束。

焚書讓世界再次天翻地覆。

現在只有一小部分的人還記得愛倫坡或柯南．道爾等作家的名字，他們的作品是最先被燒毀的對象。原因顯而易見，他們的作品充滿死亡和暴力，被視為焚書的指標也不為過。輕率的死亡、遊戲般的犯罪、蠻橫的暴力，人人都害怕這些行為在人群間傳佈。焚書並不是政府獨斷獨行，至少在英國，幾乎是國民眾望所歸。他們希望如此一來真正的和平才會降臨。

在那個時代，我們所知的「推理」概念還不太明確，最多也只是指標性的，將柯南．道爾等代表維多利亞時代的特定書本，列為有害讀物。

不久後，不只是有關死亡、暴力、犯罪，連描寫情感動搖、衝動、強烈意志等的讀物也成了焚書的對象，規定有害的範圍在曖昧不明中擴大。事實上，所有的書都成了焚毀的對象，擁有書就被視為有罪，一旦發現就當場燒掉。

據說，一九六〇年代後期，書就被逐出了歷史，那時候正好廣播、電視等資訊媒體方興未艾，再加上利用磁性的紀錄媒體不斷進步，書本不再是必需品，是不是這樣的時代背景造成這種結果，我不知道，畢竟我們這個時代的人無法理解，書本曾經是媒體的一部分。然而，從某種層面來說，或許可說是科學發展的必然流程。廣播和電視既然成為優越的媒體，它之前的古老型式——也就是紙——被排擠出去也是理所當然，至少我是這麼想的。就像蒸氣火車發展到電力火車後，前者就被驅逐一樣。

但是——

在這個不懂「推理」為何物的世界裡，若是有人從應已消失的「推理」中得到知識，偷偷地利用它達到自己目的的話——人們是否能了解這種「犯罪」型態呢？

不只是「推理」，這還揭露出焚書的另一面。那就是知情者與不知情者的明顯差距。因此，在不知情者的世界裡，知情者能佔有優勢。

關於「推理」的種種知識，是父親告訴我的。父親記得福爾摩斯、克莉絲蒂的名作，從我年幼時就說給我聽。父親是英國海軍軍官，在我上教會學校四年級時，他搭乘潛水艦在北海沉沒殉職。

父親說的故事中一定會出現「偵探」，或許，我記憶中對「偵探」英雄式的印象，與得到海軍英雄獎章的父親互相嵌合。所以，對我而言，「推理」是英雄傳，「偵探」是正義的。

在這個失落的世界中，還有「偵探」的存在。

在這個鎮上……

我在「偵探」的夢中沉沉入睡。

第二天，悠里的晨呼叫醒我。推開窗，一股沁涼的朝霧無聲無息地流淌進來，令我渾身打了個寒顫。快速換了衣服往食堂走去，坐在椅子上等了一會兒，一個男人穿著雪白圍裙，端了麵包和沙拉走出來。看樣子他就是大廚，留了濃密的落腮鬍，頭髮剪得短短的，五官像獵人般銳利，一點也不像手藝超群的大廚師，曬得黝黑的健康膚色則與白色圍裙恰成對比。

「聽說你是從英國來的？」他不分輕重地大力拍打我的肩說，「聽說英國的食物很難吃。正好，我做的菜也不算美味啦，跟你正好成絕配吧。哈哈哈。」

這嗓門大得清晨聽起來特別刺耳，我擔心鎮上的人會不會皺著眉被吵下床。

「聽說你把悠里從雨中帶回來？很好。最近已經很少有像你這麼熱心的人了，你們好好相處吧。悠里就跟我的兒子一樣。我的親兒子如果還活著，現在正好跟悠里一樣大。什麼？這種事很常見嘛。不過，有個日本朋友也不錯吧？」

面對薩野的滔滔不絕，我只能點頭如搗蒜。

這時，悠里穿著藏青色的毛衣，推著輪椅進來。

「早，克里斯。」

「早安。」

我們一同吃早餐，收拾餐具，然後到屋外去。由我負責幫悠里推輪椅。

昨天還流連不去的雨雲，碎成千片殘留在天空。朝陽從雲隙中漏出的光束，像頭紗般落進霧中不規則地反射出來，有如它本身會發光一般。路上沒有人影，我們朝著悠里手比的方向，走在紅磚路上。

「這是個很小的鎮呢。既不富裕，人口也不多。」悠里回過頭看我。「我不想一輩子都待在這個鬼地方，希望有一天能到鎮外去，但是，我這副模樣怎麼可能走得了？」

悠里指著自己的腳，朝我咧開嘴笑。

「治不好了嗎？」

「嗯，應該是。是某種常見的有毒金屬害的。我以前住在海邊，所以，在不知情的狀況下，吃了大量含毒的魚類。」

「今天身體狀況如何？還好嗎？」

「沒問題。睡覺的時候，偶爾會很難過，但平時就還好。」

我們鑽進霧裡，慢慢走下平緩的坡道。

「克里斯，你脖子上戴的是什麼？昨天你也有戴。」悠里指著我的頸項。

我掛了一條黑色的項圈。那是用特殊纖維做成，前面有銀質裝飾，中間鑲著一顆透明的青色冷石。

「嗯……這是我父親的遺物。」我撫著脖子上的項圈。「我父親，也是在大海……」

「原來如此……」悠里拉長了尾音，像在尋找該說的話。「你討厭海吧？」

「怎麼說？」

「它奪走了一切。」

悠里的臉看著前方，所以無法看到他在說這話時的表情。過了一會兒我終於按捺不住，問道：「你昨天說要給我看什麼東西？」

「嗯，沒錯。該是時候去看了。」

悠里指著步道末端的一棟老房子。那棟小小的木造平房，看起來平淡無奇，只有屋齡不輸給其他房子。窗簾遮得密不通風，油然生出一股陰森感。

「這屋子有什麼？」

「你看看大門。」

悠里說時，原本遮掩視線的乳白色濃霧，像被點了魔法般隨風消失，小屋露出清晰的大門。

門上用類似紅漆的顏料，畫了一個大大的圖形。

跟昨天我在另一個地方看到的十字架一模一樣。

「不只是這棟房子有。」

悠里指著附近的民宅。剛才在霧氣籠罩中沒看到，現在看得一清二楚，隔壁的屋門上，也漆了一個歪斜的十字架。

兩棟相鄰屋子的大門都留下相同的記號。

「鎮上也可以看到相同的東西，其他還有很多畫有紅色記號的房子，到處都是……」

「這是怎麼回事？」

「有人在別人家的房門上漆了紅色記號。」

「為什麼？」

「誰知道……」

「只是畫記號而已嗎？」

「是啊。只畫了記號，既沒有損壞物品，也沒有偷走什麼，更沒有任何人受傷。」

我推著輪椅，眺望步道旁整排屋宅。被留下記號的只有一家，但整條街都有種詭異感。

「你去那扇窗子瞧瞧屋子裡面。」悠里舉起手指著一棟屋。「那家主人嫌這事太不尋常，所以搬走了。現在屋裡沒人住，看了也沒人會生氣。」

我依著他的話，從窗口往裡瞧。

屋裡空蕩蕩的，看起來什麼都沒有。

但仔細注視了一會兒，便發現牆上不太對勁。

室內的牆壁上也漆了一個歪歪的紅色十字架。

正面看到的牆壁的四個角落，各有一個小十字架，共計四個。

四面牆的各四個角落都漆了同樣的圖案，因此，整個屋裡共漆了十六個十字架，彷彿像要展開什麼儀式般不祥。紅色油漆狀的液體滴在壁紙上，在世上留下驚悚的痕跡。

門上和室內的十字架都是同一式樣，向一旁歪斜。事實上，它到底屬不屬於十字架，我也不知道。我以前在教堂住了一段時間，所以見過教堂裡的十字架，但這種形狀的十字架還是第一次看到。它絕非凱爾特或俄羅斯的十字架❶，也跟其他任何十字架不相同。

「這個十字架是以什麼根據畫的呢？」

「十字架？我看起來倒像一把刀。」

的確，它也能解釋為刀或劍的形象。

究竟是誰，又為什麼留下這個記號？

真是謎團重重。

「被漆上記號的屋主說，他們那天不在家，回來就變成這副模樣了。好像窗子的鎖被破壞，所以應該是有人潛入。」

「鎮上從何時開始出現這個記號？」

「大概四年前吧。」

「已經有四年了？」

「對。剛開始是一個月出現一個，定期增加。但最近特別多，有時候一下子就有兩三家被漆上記號。全都是屋主一家不在的時候漆的。」

「圖案就這麼留著，沒人想把它除掉嗎？」

「很多人都想除掉啊，可是油漆完全擦不掉，白忙了一場。所以，留下門上的記號，這些居民全都搬出去了。畢竟，大門上被漆了這個莫名其妙的符號，誰還能安心地住在裡面啊。」

這話也沒錯。對裡面的住戶來說，如果不能馬上消除掉，就會想快點逃離吧。住在這種被施加了恐怖記號的屋裡，精神上一定十分痛苦。

難怪鎮民對陌生人疑神疑鬼的。他們一定以為，這是什麼不祥事件發生前的徵兆吧。真是個絕望的時代。鎮上飄盪的畏懼氣氛，有可能並非針對留下記號的人，而是對這記號帶來

❶凱爾特族是愛爾蘭地方的民族，基督教傳進之後，為強調十字架的重要，而在十字架中央交叉處加了一個圓環，象徵日暈；而俄羅斯因信奉東正教，沿用拜占庭十字架，在直豎上下端，各有一橫線。

的破滅。

「究竟是誰幹的呢？」

「老實說……留下這個記號的是『偵探』。」

我懷疑自己聽錯了。

象徵秩序的「偵探」怎麼會做這麼可怕的事？

不可能。在偵探小說裡，只有壞人會做這種事，「偵探」應該是追出兇手的人。

「『偵探』住在森林裡，他會砍下人的頭顱。為什麼要砍頭，我們也不知道。不過，大人們總是嚇唬孩子說：不可以做壞事，否則『偵探』會來砍下你的腦袋。留下這個紅色記號，是因為他監視著鎮上的人，防止大家做壞事。」

「森林裡的無頭屍也是『偵探』幹的？」

「無頭屍？哦，你是說那具沒有頭的屍體啊……應該是『偵探』幹的。」

「怎麼可能……」

那不是「偵探」。

還是說，這是秩序維持者的作為？

真是如此嗎？若是這樣，應該還有別的方法才對。像這樣留下詭異的紅色記號，我不認為能帶來秩序。果然「偵探」只存在於「推理」當中，現實裡是不可能有偵探的，是謊稱「偵探」的瘋子，還是發瘋的「偵探」呢——

「走了吧，克里斯。」悠里說。

我垂頭喪氣地依從他的話，把輪椅往前推，之後，又稍微在鎮上散步了一會兒，才回到旅店。鎮上的人雖然依然對我投以異樣的目光，但有悠里在身邊，敵視的眼神似乎緩和許多。

到底，那個腥紅似血的十字架帶了什麼意義？

真的是「偵探」所為嗎？

為什麼他要在家家戶戶留下記號呢？

消失在森林裡的人到哪裡去了？

無頭屍是怎麼回事？

這是神之子的選擇？

抑或是惡魔之子？

第二章　「偵探」之名的死

回到旅店，我疲倦地躺在床上，凝視昏暗的窗。太陽西沉，映在薄窗簾上的是一盞盞戶外燈映照的雨絲剪影。幽黑濛濛的細雨影子，給人一種室內也在下雨的錯覺，它還是跟先前一樣時下時停。我用乾毛巾裹住身體，靜靜地聽著雨聲。

因為氣象暖化和異常逐漸嚴重，有時一旦下起雨便停不下來。暴雨之後，就會引起更兇猛的洪水。

我想起了夏日的某一天。

就跟今天一樣，是個下雨的日子。

我出生在離倫敦市中心稍遠的小鎮，從來不知道外面的世界是什麼樣。英國各地每年都發生集中豪雨，被洪水吞噬的市鎮不在少數，倫敦的泰晤士河更是經常氾濫，因此，船隻漂流到海德公園裡的狀況，已經不是什麼大新聞。

我父親在英國海軍服務，因此很少回家。他在軍中實際從事什麼工作，我並不清楚，也不敢問。因為我以為，戰爭和軍隊的事不可以多問。

有一天，父親搭乘的潛水艦在從北海往蘇聯領海航行的途中，因為不明原因的撞擊，沉入海底。潛水艦沒有破損，幾乎保持原狀，躺在一千公尺的海底。由於下沉的位置太深，沒有任何方法可以將艦上人員救出，也不可能把艦艇拖上來。

當時我還是教會學校四年級的學生。在這個時代，學校已經沒有像樣的課程，課堂上主要是牧師講道。雖然日本有廣播教育，但英國連這種東西都沒有。有一天，校長和一位著軍服的男人來到我聽講的教室，把我帶到外面，告訴我父親乘坐潛水艦沉沒的消息。那時艦艇已沉沒三天，原先我根本不知道父親在潛水艇上。我從學校早退，坐上他們安排的黑頭車，不明就理地被帶到附近的海軍基地。那天，英國下著無聲的雨。

我被帶進接待室，裡面坐著男男女女都在拭淚。我一個人孤伶伶地坐在人群中，呆呆地望著那些哭泣的人，一面重新思考潛水艦沉沒的事實。潛水艦沉到海底會怎麼樣？潛水艦本來就在海底航行，所以應該沒問題吧？我什麼都不懂，只能想像一條大鯨魚在海底睡覺的狀態。

周圍哭泣的人依序被點了名，進到另一個房間。我身邊的一位美麗女子，仍舊嚎啕哭著。她哭得那麼悽慘，讓人覺得她會不會就此死去。

「克里斯提安納。」

輪到我了。他們叫我到一個小房間。裡面站著兩個軍人，房間中央有張桌子，上面放著大型機器，連接著麥克風和擴音機。

「你的父親現在在遙遠的海上，他有話想對你說。」

「我爸爸？」

「是的。」軍人說話精簡，「好了，請說。」

他打開無線電開關。

「爸爸？」我對著麥克風說。

「是克里斯嗎？」

「是啊。爸爸，你在哪裡？」

「我在海上出任務。你知道的，我在船上。這次來的地方比以前都遠，可能不能如期回去了，現在狀況有困難。」

「什麼時候會回來？」

「這很難說，目前不知道。」

「回不來了嗎？」

「我不是說了目前不知道嗎？現在還回不去！克里斯，你應該已經明事理才對。別問那麼多，安靜聽我說。」

父親的聲音突然變得氣急敗壞。聽到父親的怒罵聲，我在椅子上縮成一團。

「有幾件事我必須對你說。克里斯，你夠堅強吧？一個人生活過得下去吧？你媽死的時候，你答應過我要學著堅強，不是嗎？」

「答應是答應，可是……」

「克里斯，仔細聽我說，只要是人都會迷失。但是一旦決定的事，就要堅持到最後，絕不可放棄。人生就是老天給你的習題，你得在迷失中尋找值得信仰的真理。爸爸相信克里斯一定會堅強起來。」
爸爸的聲音混著雜音，斷斷續續地傳送著。
我沒說話，只是愣愣地瞪著擴音機。
外面傳來溫柔的雨聲，在室內回響著。不對，那或許只是隔壁女人的哭泣聲。
軍人對著麥克風，要我多說話。
「其他還有沒有什麼話想說？」
他的意思好像在說「這可是最後機會哦」。
我竭力地尋找該說的話。
「你要回來！」
擴音機裡沒有反應。
「你要拋下我一個人嗎？……」
「……會回去。」
「回來？你會回來嗎？真的？」
「克里斯……如果這……的話，衣櫃的……板……開。」
雜音越來越大，彷彿海底的泡沫滲入雜音中，蓋住了父親的聲音。
「爸爸？」
剎那間，訊號斷了。兩名軍人過來檢查通訊機的狀況，一下子敲敲擴音機，一下轉動旋鈕。

「……救救我……克里斯……救我們出去……」

父親悲痛的吶喊響徹小小的房間。

這就是父親臨死前的最後一句話。

我愕然無語地被送回家，直到最後，也沒有一個人來告訴我，潛水艦為什麼會沉沒，據說現在還在調查。

潛水艦現在仍長眠在北海海底，沒有人能觸得到它。船員們可能都因為進水和缺氧而死去了吧，遺體則被封閉在潛水艦中。他們藉著無線電對家人或愛人留下了遺言。或許，在潛水艦裡還準備了一些遺物，但那些也跟遺體一起被封閉在艙內，連海底的魚都無緣看到。過了十年，甚至百年，父親仍會一直在海底長眠不起。

父親留下的「衣櫃」那句話，在我腦中一直盤桓不去。所以，在父親的葬禮結束後，我打開他的衣櫃尋找，但好不容易把底板拆下來，裡面卻是空空的，只有一把鑰匙藏在裡面。

我立刻便發現了，那是父親臥房裡保險箱的鑰匙，我很快打開了保險箱。

裡面放著一只小小的黑色環形物體，拿來當手環嫌太大，當作髮箍又太小。

那就是我掛在脖子上的短項鍊，中央有個銀質墜飾，裡面鑲了藍色的寶石。

我不太明白父親為什麼把它留給我。墜子本身應該也沒什麼價值。父親身後留給我大筆的保險金和每年國家發給的遺屬體恤金，所以交給我這個不可能是為了讓我變現。應該是當作紀念品吧？或者，這是一向愛好「推理」的父親，留給我去解的謎團。但若真是這樣，何不乾脆留一本書給我呢。

我這種想法太任性了嗎……

現在項鍊掛在我的脖子上，它是提醒、是決心，更是我的護身符。

在異國的土地上，請您一定要守護我。

在床上躺了一陣子，房間的電話響了，是朝木老闆打來的。

「有個人上門，說想見見你。」

「是哪一位？」

「不知道。不過一看就知道是外地人。應該是你的朋友吧。」

朝木老闆的口氣透出些許不耐。他讓客人在食堂裡等，所以我出了房門便直接到食堂去。

一個男子故意把餐桌的椅子朝向幽暗的落地窗，蹺著腿坐著。他身材瘦削，手腳修長，腿上擺著一個大行李包。年紀大約三十好幾，頭髮有點長，雖然沒有束起來，卻也不給人邋遢的印象。倒是今日少見的禮服式白襯衫，配上似要弔喪用的黑領帶，給人遺世獨立的味道。他的臉色蒼白，看上去有點弱不禁風。

他似乎聽到我的聲響，轉過頭來，然後浮起「如我所料」的微笑。

「嗨，克里斯。」

「桐井老師！」

我快步向桐井老師跑去，與他握手。

「又見到你這個英國小紳士了。」

「可是我也長高了不少呀。」

聽我這麼說，桐井老師靜靜地笑了。

桐井老師是個旅行音樂家。

曾經有段時期，音樂和樂器也像書本一樣遭到禁止。現在管制放鬆了一點，允許個人程度的使用。丟書雖然容易，但人們卻無法捨棄音樂。然而，就因為一時的禁令，到了今天，樂器和演奏家都已所剩無幾了，音樂都是靠數位技術才能重現。像桐井老師這種有能力演奏樂器的人，幾乎是絕無僅有。而且桐井老師不僅會彈，還是個堪稱天才的演奏家。

我第一次見到桐井老師時，才剛到日本不久。因尋找旅館而來到一戶人家，正巧是他的音樂教室。原本我並沒打算學習樂器演奏，只是單純想找個落腳的地方。但桐井老師說：「那也無妨。」或許對我這個飄泊的英國人十分同情，我便在那裡逗留了幾天。

我沒有演奏樂器的天分，但在英國時，我曾在教會的聖詩班學過聲樂。某天我不小心提到了這件事，於是，老師便不時叫我加入他們的陣容當演唱者。在教堂唱歌勉強還行，但我不習慣在眾人面前歌唱。不過，在音樂教室與團員們在一起的日子非常快樂，不久後音樂教室就因為桐井老師出外旅行而關閉，但那幾星期的生活，卻是遠離英國後我在日本最重要的回憶。桐井老師不在之後，我也再次踏上旅程，雖然已比原定計畫遲了很久。

我在旅途中與桐井老師重逢了好幾次。每次見面，他都特別照顧我。對我來說，桐井老師是我在日本唯一信賴的對象，而且我也很尊敬他。音樂家的身分與騎士或聖職人員接近，是最榮耀的頭銜之一。

「老師，您何時到這個鎮上來的？」

「大約一個月前吧。」桐井老師說話時輕輕咳了兩聲，「鎮上到處都聽得到你的傳聞。廢墟街角出現的金髮少年——走過紅磚路的藍眼睛男孩……相當有畫面哩。一閉上眼睛，彷彿就能看到陽光西斜的金色黃昏裡，你那小小的身影走在安靜小路上，那畫面實在太鮮活了。你擔心他們亂傳話嗎？沒什麼好怕的，我當初來到這鎮上，也被鎮民們指指點點，只是沒像你這麼嚴重。不過幾天之後就沒事了，他們對外地人的警覺性非常強。」

「我從一來到這裡，就覺得一直被監視。」

「不過，我能跟你相遇還真多虧了他們，他們對你真是觀察入微。他們談到你的特徵，與實際的特徵完全吻合，所以我馬上就想到你。讓我有一會兒沉浸在尋找克里斯的遊戲裡。只是，其中有些人傳話失敗，竟把你說成是身高兩米半、全身毛茸茸的外國人。」

「全身毛茸茸……」

「明明你的外表既不是巨人，也沒有長毛啊。」

「……當然。」

「不如我來製造一個新的傳言，就說你皺起眉頭不太高興的時候，其實非常可愛？」

「別開玩笑了，真是的。」

我表示抗議。桐井老師輕輕地揮揮手，好像叫我別當真。我有點擔心。

「這個鎮很封閉呢。」桐井老師好像唱起一節歌曲般說。

「老師也這麼覺得？」我壓低聲音說，「老師，這個鎮好像有點怪怪的。」

「的確。雖然現今這個時代，奇怪的城鎮也不在少數。」

「尤其是那個紅色記號——」

「你也看到了？」

「老師也看到了吧。」

桐井老師比我早到這裡一個月，當然已經聽聞過神秘的紅色記號，和無頭屍的事件。

「我就是為了跟你說這件事，才特地來找你的。原來你已經知道了，省掉我說明的時間。真是個乖孩子，你總是不用別人操心。」桐井老師靜靜起身。

「我們找個可以安靜說話的地方吧。你的房間呢？」

「我帶你去。」

我走在前頭，離開食堂時，桐井老師突然想起，他寶貝的小提琴箱還擺在食堂裡，於是又慢悠悠地轉身回去拿。他看似敏銳其實粗心，然而一向從容不迫，不受事物干擾。他是個自命風雅又愛嘲諷的音樂家，令人很難不喜愛。

走進我的房間後，桐井老師在我床邊坐下，把琴箱輕輕地放在身邊。那把小提琴就像他的情人，不過是個常常被遺忘的情人。我則規矩地坐在鏡台前。

「對了，你想找的東西找到了嗎？」桐井老師問。

「還沒……」我垂下眼睛搖搖頭。「所以打算走遠一點看看。我穿過了海、越過了山和廢墟，輾轉來到這個小鎮，本以為終於可以有張好床可睡，但卻遇到這麼奇怪的現象……感覺有點可怕……」

「沒什麼好害怕的。看看他們警戒的模樣就知道了。雖然竭力表現得冷漠，卻只有恐懼還殘留著。他們眼神凌厲，卻對自己周圍的生物過度反應。因為真正害怕的，是鎮上的人。」

「鎮上的人……才害怕嗎？」

老師說的的確沒錯，如果將他們的舉動用恐懼來解釋，那不尋常的寂靜也並非不能理解。然而，若真是如此，我與桐井老師來自外地是不變的事實，異端永遠被視為危險分子遭到排斥，不論什麼時代、什麼地方都一樣。說不定哪天我們還有可能被當作是中世紀的女巫哩。

「老師，您究竟為什麼來到這個鎮上？」

「我旅行的原因，從以前到現在都沒有改變。」

桐井老師是為了尋找失落的樂器或音樂，才出外旅行的。從這層意義上，跟我也有幾分相似。不同之處在於，桐井老師已是一流的音樂家，而我卻沒有一技之長，更別提像桐井老師那種專業和才華了。

我在異國無止盡地旅行，是否真有意義呢？

「你說你看到門上的紅色記號？」桐井老師問。

「對。」

「就我所知，被漆上紅印的人家有十戶以上。有些人丟下印記，躲到他處去了。但也有些人把紅印清除掉，繼續住在原址。鎮上的人並非每個人都會向周圍通報自家有紅印的事，所以說不定有些人隱匿沒說。」

「聽說這個現象從四年前就有了。」

「相當堅持呢。」

「如果是小孩的惡作劇，未免太過分了。」

「不管是小孩做的，還是大人做的，若是單純的惡作劇，不會刻意闖進別人家中，連室內都留下紅印吧。在門上鬼畫符既簡單又安全。而且這個行為持續了四年，由此看來，動機絕不可能起自單純的惡作劇。」

「最近數量好像增加了……」

我想像大門上增殖的紅色十字架，心裡打了個寒顫。這個陰沉的小鎮，或許早點走為上策。

「聽說這鎮上發現了好幾具頭顱被割下的屍體，不知道跟紅印有沒有關係。這個小鎮跟灰暗很搭調，屍體就好像是黑暗世界的禮物。」桐井老師一邊說，手卻在胸前的口袋裡掏摸了半天，接著拿出四片沒包裝的餅乾。「要不要來一片？」

「不用……咦，您的口袋裡怎麼會放那麼多餅乾？」

「不只是這樣，據說很多人就此失蹤，連屍體都找不到。」桐井老師沒回答我的問題，嚼著餅乾繼續說，「你知道這鎮上還發生過什麼事件嗎？」

「不知道，除了紅印和無頭屍之外，其他都沒聽說……而且就算是紅印，那個人好像只留下記號，但既沒有偷錢，也沒有破壞任何東西。」

「這小鎮這麼封閉，若是偷了錢一定馬上就被發現。紅印可能還有別的重大意義。」

我回想起紅印的形狀。

看起來像十字架的奇怪記號。

「說到那個記號，老師，您之前見過這種形狀的記號嗎？」

「沒有。」

「會不會是跟日本神道教等宗教有關係呢？」

「很遺憾，這方面我沒有研究。說不定跟這地區特有的封閉信仰，或是新興宗教等有所牽扯也不一定，不管怎麼樣，我不是宗教研究者，只是一個音樂家的看法。」

「那麼，從一個音樂家的角度，您有沒有看出什麼？」

「如果是演奏記號的話，那個紅印跟『forte』❷有點像。」

「說到『forte』，的確……」

「『強』——在門上寫下『forte』——也就變成請敲門敲得更『強』些的意思了。」

「欸……這怎麼說呢？」

「我開玩笑啦。」

「可是看您一臉認真……」

「我不太會笑。」桐井扮了一個假笑說，「那麼，我們說點正經的吧。」

❷標記為f，樂譜上表示「強」的記號。

「好。」

「你見過家門有印記的屋主嗎？」

「沒有。」

「那就好，為了小心起見，我要給你個忠告。」

「什麼事？」

「就是傳染病的可能性。」

「傳染病？」

「你知道以前你的故鄉歐洲，曾經發生過黑死病大流行？」

「不知道。」

「也難怪你們這一輩不知道，畢竟在洪水和海嘯之後，教育也都無法順利進行了。黑死病是歐洲中世紀發生的傳染病，蔓延歐洲各地長達三百年，堪稱歐洲黑暗時代的象徵之一。它是經由老鼠或跳蚤等媒介，感染到鼠疫桿菌後發病。得病引發敗血症後，皮膚會浮現紫或黑色斑點，所以叫它黑死病。在沒有抗生素的時代幾乎無藥可醫，得了病就是死路一條。」

「黑死病這個名字我聽過……但是，它跟門上的記號有什麼關係？」

「當時由於沒有醫療的方法，所以只好把患了黑死病的人隔離起來。因此，醫生會在感染者家的門上留下記號，警告正常人不要靠近。」

「真的？」

「沒錯。我不知道當時是否用紅十字作為記號。但是，你不覺得跟這次的事件很相似嗎？看到門上的記號，我第一個就想到傳染病隔離。」
「你是說，這裡也發生了黑死病？」
「不，不見得是黑死病。當然，據說現在黑死病已經在全世界蔓延開了，但是那是指非洲內地或是亞馬遜等地方，日本這裡不可能有。如果這個鎮上出現傳染病的話，應該是別種疾病。例如，腦髓感染的病原菌，在發病的過程中，讓頭部腐爛掉落之類的……」
「啊！」我忍不住驚呼，「您是說，無頭屍是這樣形成的？」
桐井老師的話似乎把紅印和無頭屍之謎連在一起解開了。我恍然大悟，整個鎮充滿死寂，是因為想逃避疾病的感染呀。
然而，這樣一來，表示鎮上的人都了解紅印的意思，但悠里並不知道。
會不會只有悠里不知傳染病的真相，所以才會告訴我紅印的事？
「這個說法只不過是我胡亂的推測。」桐井老師看穿了我的表情，繼續說道。「發生那麼嚴重的傳染病，鎮上的人不可能沒有察覺。假設大家都知道了，也就沒有理由隱瞞我們。因為，如果我們感染到了，就成了會走的病原體。所以開誠佈公地告訴我們，總比隱瞞來得有利。就算因為某種理由不能對我們公開，也會把我們當作感染者而隔離起來才對。可能把我們關進某處，說不定還會強制檢查，甚至乾脆把我們處理掉。」
「處理掉！」
「第一，會讓頭顱爛掉的感染病，聞所未聞。我之所以認為是胡亂推測，就是這個原因。這是沒有根據的事。而且，還有在屋內漆紅印的舉動也不太對。如果紅印是為了指明感染者，沒有必要特地到屋裡留下記號吧？」

「嗯，說得有理。」

「說來說去，這只是可能性之一。我想告訴你的是，最好不要跟鎮上的人有太多牽連，我勸你休息個幾天，就快點往下一個鎮去吧。克里斯。」

桐井老師淡淡地說完，轉過臉大咳起來。

桐井老師臉色極差，不太熱的天氣卻額頭滲汗。發青的臉龐上刻痕極深的陰影，簡直預示著他將不久人世。他的腰彎得似要斷成兩半，痛苦咳嗽的神情，教人不忍再看。

桐井老師原本就有肺病，任誰看他都像個瀕死的病人。但是，這種病又沒法死得爽快，反而一直讓他在死亡的邊緣行走。當他不得不與死亡對抗時，桐井老師決定走上旅程。即使死亡在眼前，也不失高貴的心志，令人佩服。

他的病況比上次相遇時更嚴重了。令我忍不住想，莫非他是因為來到這個鎮，染上了不知名的傳染病，所以才讓病情更惡化的嗎？

「老師，您還好吧？」

我戰戰兢兢地走到老師身邊，但是，到頭來，我什麼也幫不了。就像以往那樣，我只能待在一旁束手無策。

「不用擔心。」桐井老師說著，深呼吸一口氣。「我還不會死。我自己很清楚，我的死期還沒到。」

「我幫你倒杯水吧？」

「別費事了，還是聽我說下去吧。」桐井老師青黃著臉又咳了一會兒。
「克里斯，有件事我想問你。」
「有什麼事嗎？」
「嗯。」
桐井老師緩緩聳起肩又垂下，想把氣息調順，外面的雨彷彿也在配合他的呼吸，雨聲時強時弱。
「你認為『偵探』是什麼？」桐井老師輕輕垂下眼光問道。
「『偵探』——就是正義。」我回答。
「留下紅印而消失的神秘人物，據說叫作『偵探』。」
「是，我也聽說了。」
「很可能，那個『偵探』一再殺害鎮上的人，還把他們的頭割下來。」
「是……」
「你認為那是正義嗎？」
「我不知道。」
不知為什麼，我好想哭。
怎麼會這樣？
「現在，我們先把正義的意義放在一邊。那種東西本就是難以捉摸的，如果在你心裡，有座海市蜃樓般的幻影，我覺得那也沒關係。潛伏在這個鎮中角落的『偵探』到底是什麼樣的人物，還是個問題。你對偵探小說這麼熟悉，所以我想你或許有些了解。」

「我所知道的『偵探』們，個個頭腦聰明、具有絕佳的洞察力和優秀的體能、耐力，他們意志堅定，對犯罪者絕不輕饒，也有非凡的專注力，處理難解的謎題。但是，那都是『推理』當中的『偵探』……而『推理』已經消失了。」

「我對書本或『推理』都不清楚，但是，對『偵探』的見解跟你一致，我認為『偵探』是我們的盟友。但是這個鎮上出現的『偵探』立場大不相同，這是怎麼回事呢？」

「『偵探』也是人，或許他也有犯錯的時候。」我很辛苦地吐出這句話。

其實，我不需要幫「偵探」說話。

「『偵探』真的存在嗎？」

「不知道……」

就感情上而言，我希望「偵探」真的存在。我們需要「偵探」，但我不願相信這鎮上發生的種種詭異事件都是「偵探」所為。犯下這些惡行的人絕不是「偵探」。「偵探」發瘋了嗎？還是從一開始就根本沒有「偵探」這種人，只是別人假借他的名義呢？

如果能解開「偵探」留下紅印的意義，應該就能明白其他的謎了。

這個紅印究竟為何而漆？

「被漆上紅印的人家，大家都還活著嗎？」

「我對這點也很好奇。我擔心會不會紅印是一種殺人的記號，說不定能找出『住在被漆上紅印屋子裡的人必死』的法則。這麼一想，我便開始在能力所及的範圍內進行調查。我會跟你這麼說，自然已經先查了一下。」桐井老師微微聳了聳肩。「但是，被漆上紅印的人家，大抵上都還活著。不過，其中也有人下落不明，他們可能只是搬家，離開了本地，但說不定也有人被殺。總之，從結論來說，紅印未必是殺人的記號。」

殺人記號。

被漆上記號就會斷頭——我也是這麼想的，但卻沒有法則可循。十字架並未掌控生死，既然如此，它又是什麼象徵呢？完全摸不著頭緒的意義，讓人更是忐忑不安。

我驀地想起一件事。

「對了，來這個鎮的路上，我看到一棟大宅起火。」

「我倒是沒聽說。」桐井老師又咳了幾次，才說：「是焚書吧？」

「應該是。」

「近年來，書籍文物幾乎都被燒光，所以很少會遇到焚書的場面了。那棟屋子是不是真的被查獲書本也很難說。」桐井老師說完，好像突然想到什麼，微微提高了聲調。「啊，對了。我聽說政府派了人來鎮上到處搜查。因為跟你的傳聞混在一起，所以，我還以為他們把你跟政府人員搞錯了。難道真的是為了焚書的事，才派遣調查員來。」

「焚書和這個鎮發生的事，會不會有什麼關係？」

「怎麼說呢？」

「門上的紅印就是政府的調查員留下的。假如他們還在搜索書本的話……門上的紅印就是調查結束的標記，而沒有留下印記的家表示還沒有調查……是不是用這種方法來區分呢？」

「不可能。」桐井老師想也沒想地否定了。「克里斯，你不認識政府的人吧。他們公開行動的時候很容易辨認，像是堂而皇之地破門而入之類的，才不會那麼低調地一家一家漆記號。」

「哦？那麼，會不會是相反……」我小心翼翼地壓低聲音，「鎮上的人會不會想隱瞞什麼？」

「大家一起把書藏起來？」

「對。他們戒心那麼重，可能有特別的原因。紅印說不定是掩飾真相、轉移目標的假象。」

「如果整個鎮聯合起來藏書，需要相當的統率能力。但我在這鎮上完全感覺不到有人統率，反而是人人為了自己的苦衷而警戒。若是鎮民真的想藏書，卻連我們是不是壞人都分不清，哪還能騙得了政府呢？」

「說得也是……」我帶著嘆息說，「如果跟宗教、傳染病、焚書都沒有關係的話，那『偵探』究竟為什麼要在家家戶戶門上留下紅印呢？」

會不會就像悠里所說，「偵探」只是大人為了哄孩子聽話所創造出來的人物？雖然孩子們害怕，但「偵探」或許根本不存在。紅印也是為了讓「偵探」更有說服力所做的布景。

或者，從更寓言的角度，「偵探」代表的其實是天然災害。大自然強烈的一擊便帶來死亡，因此人們把它叫作「偵探」。就像世界各地也都習慣將颶風或海嘯以自己的方式命名一般。

但是，為什麼偏偏用「偵探」這個名字？選擇這個名字肯定有什麼特別的淵源。

「不管什麼原因，你不覺得它都跟『推理』脫離不了關係嗎？說到『推理』，那應該是你拿手的項目吧？」

「哪……哪有這回事。」

我急忙否認。我所知道的只是一點皮毛，倒是桐井老師才是「推理」專家之一，比我知道得還多。如果不是那樣，我們應該沒法談這件事。

「這個鎮上發生的事，如果跟『推理』有關係的話——接下來一定還會發生大事。『推理』一向訴說死亡和破滅，因為它本來就是這種故事。」桐井老師端正的側臉歪到一邊，很嚴肅地說：「你要多小心，克里斯。」

那句帶有預言味道的話，在我聽來卻像個事實。桐井老師的預言一向很準。

我點點頭。

「但是，似乎不用那麼煩惱。不管出了什麼事，我們只要若無其事地走過這個鎮就行了。我們再怎麼說也是外來者，不可以干涉太多事。若是如此，鎮民們應該也只會觀望我們。我想對你說的，就是這些。你懂嗎？」

「懂。」

「好孩子。」

桐井老師站起來，從胸前口袋又拿出一片餅乾，朝我丟過來。我立刻伸出手接個正著。

「這是給你的獎勵。吃了會有精神哦。其他沒必要的事，別多想了。」
「謝謝。」
「那麼，我該回去了。」
「老師，這麼快就走了？」
「反正總有機會再見。」
桐井老師吟詩般說完，輕輕揮了揮手。
他握住門把時，房間的電話響了。
我們瞬時靜默，然後互相對望，我拿起話筒。
「克里斯？」
是悠里。
「怎麼了？」
「有個人說想見見你們……」
「我們？」
我暫時放下話筒，往桐井老師看去，桐井老師一邊咳嗽，輕輕地搖搖頭。
「是誰？」我問。
「是自警隊的人。」
「自警隊？」
我一說出口，站在一旁的桐井老師皺起眉頭。

「這個鎮沒有警察，在警察沒有正常運作的現在，鎮民便籌組自警隊來取代。當然，這只是居民自己的組織，沒有任何強制力。不過——」

「他們好像知道老師在這裡。說是找我們有事。」

「糟了糟了……一定出了什麼事。」桐井老師說完正想去開門，又說，「他們好像很討厭我，趁現在早早離開好了。跟這些事件糾纏不清也並非我願，反正他們想說什麼我都知道，叫我們外地人不准插手管鎮上的事，否則就要給我好看。」

「老師，別太早下斷語。」

突然，門開了，兩個男人進來。

站在前頭的矮個兒男人，穿著藏青色運動外套，頭髮向後梳攏，最大的特徵是他那對銳利的眼睛和鷹鉤鼻。他的態度正好與身材成反比，既傲慢又充滿自信，年紀看上去與桐井老師差不多，或是更年輕點。背挺得很直，似要表現出強韌的精神。

他身旁是個比他柔和許多的人物，並沒有掩飾臉上歉然的表情，長長的劉海遮住了眼睛，服裝雖與隔壁那位相似，但他沒穿運動外套，而是一件有好多口袋的背心。看起來不像自警隊，倒比較像釣客。他的兩手不知該擱哪兒，來回在肚子上交叉又放下了好幾次。

「請坐，兩位。」矮個子男人把桐井老師推回房間，再三拍拍掌。「我為迷途的兩位，帶來了一盞引路的明燈。你們不用再困惑了。好，坐吧，請坐。」

桐井老師依言，不太情願地在床邊坐下。我也順從地坐在椅子上。

那個人在房間正中央，跨開雙腳，交叉著雙臂站立。

「兒童猜謎時間結束嘍，根本沒有什麼神秘事件。外國的少年，現在是解答的時間——好，一開始，你在找什麼？」

「請問……」我被人指著鼻子，有點焦慮。「你是誰？」

「這是個笨問題，不過也算實在。你問我是誰？聽好了，少年，我是自警隊隊長——黑江。」

他用拔尖的聲音回答。雨聲淅淅的安靜房間，好像突然籠罩在軍人的號令與喧囂當中，可能也是因為這個人實在太異類了。

另一個人站在黑江隊長的背後，向我們點頭行禮。

「兩位好，我姓神目，是隊員之一。」

「好了。」黑江隊長不由分說地打斷，「我既然給你們問問題的權利，也要求你們回答我問題。不是什麼難解的謎題，首先，請告訴我你的名字。」

「克里斯提安納。」

「列斯妥郎❸？」

「是克里斯……」

「你第一次不是這麼說！」

「隊長，你聽錯了啦。」

神目從旁插入道，但黑江沒有回應。

「好吧，叫什麼名字都行，反正重點是你會說日語。那麼，那邊那位——你不說也行，我知道。你是那個肺病音樂家吧。在璃里惠家叨擾了一個月對不對？她已經跟我說了。你跟她認識？欸，不用回答，我知道。璃里惠是你的學生對吧！」

「找我們有什麼事？」桐井老師不耐煩地問道。

「且慢，我不記得我有給你問話的機會。但是，我現在突然想起爺爺的教誨，對任何人都要心存寬容。好吧，我回答你。我們的目的，就是要消除各位對本鎮的所有誤解。誤解產生摩擦，摩擦就會產生憎恨。我希望不要造成這種結果，所以事前防範。正好我聽說外地人都聚在此地，所以特地來告訴你們。」

「很好。」桐井老師似乎想說什麼，但又按捺著沉住氣說，「那麼請你告訴我們，我看到別人家門上漆了紅色記號，那是什麼意思？」

「是『偵探』留下的記號。」

「……還有呢？」

「就這樣。」黑江隊長毫不遲疑地回答，他的表情顯露出過度的自信。

「這不是答案。」

「沒有比這個更好的答案！『偵探』有時會從森林出來，在居民家裡留下記號，就是這樣。『偵探』會留下記號，就像起風、潮起潮落，這些都是一樣的。」

「那麼『偵探』為什麼要留下記號？」

❸日語中「餐廳」的發音。

「為什麼？」黑江隊長朝神目瞥了一眼。「你說為什麼？」

「我也不知道……」

神目歪了歪頭。

「你不知道？」

「我不是不知道。」黑江隊長把頭髮輕輕拂向腦後，「兩位，你們知道月亮為什麼升起嗎？知道草為什麼會隨風而偃？它們之所以存在是沒有原因的。這就是各位煩惱之謎的答案。」

他的意思是說，「偵探」的行為對這個鎮來說，是一種極自然的事，幾乎相當於大自然的造化嗎？

黑江隊長對於紅印和「偵探」的謎題，等於都沒有回答。但是，他也看不出有隱瞞之處。恐怕連他們自己都不知道怎麼回事。對他們來說，「偵探」留下記號是一種現象，已經是日常生活中的景象。雖然難以理解，但在封閉的城鎮來說，並非不可能。我們只是跌入一個風俗特異的小鎮，別無其他，這麼一想也就沒有什麼可怕了。

這就是黑江隊長想說的意思嗎？

「那麼，我還想問一件事——」

「且慢，你已經問完了，接下來輪到我來問。」黑江隊長厲聲制止桐井老師。

「你們有沒有帶違禁品到這個鎮上來？」

「怎麼可能！」桐井老師故意睜圓了眼睛。「除非你們認為領帶也是禁止攜帶的物品

——」

「我說的不是那種東西。我不管你們是反政府主義者，還是書籍黑手黨，反正不要給我們鎮帶來麻煩。這不是忠告，而是命令。你們也知道，有個村子因為藏匿書本而被一把火燒個精光。我希望你們不要讓政府的人產生誤解。懂嗎？」

「懂。」我乖巧地點頭。

黑江隊長這個人雖然有點沒道理，也有點變態，但或許他內心是正直的。

在他們的觀點中，出現在封閉世界裡的外來者，恐怕比生活化的「偵探」還更不安分吧。

「下一個問題輪到我了吧。」桐井先生已經抓住規則說道，「你們兩位見過無頭屍體嗎？」

「見過。」

「你們如何處理？」

「就把它當作自然死亡來處理。」

「開什麼玩笑？……」

「關於人的生死，我們不開玩笑。」黑江隊長表情嚴正地說，「我們不能不如此判斷。如果他們不是自然死亡，那又是什麼？既不是事故也不是生病，難道是某個人殺害他，然後砍下頭嗎？不可能。絕對沒有這種事。這個世界絕不可能發生這種事！死亡不可能出現在我們身邊。」

「但是現在……」

「不接受異議。」

這些人極避諱死亡，但他們必須正確了解死亡才行。

「『偵探』難道不是在殺人？」

我冷不防插嘴道。霎時，黑江隊長驚異地睜圓眼睛，然後立刻射向我。

「如果你是說『偵探』將森林迷途的人埋葬，那也算是自然死亡。」

「不對，這是殺人案。」

「別胡說八道！小孩子，你懂什麼！」

……什麼都不懂。

他們跟我們好像是不同世界的人。

在他們的世界中，「偵探」夜夜到處留下紅印，早上出現無頭屍體，也沒有人會介意。誰都不知道「偵探」的身分，更不可能知道「推理」。日子就這麼過下去。

對他們而言，「偵探」究竟是何許人？他肯定是個超凡的存在，但又不可稱之為神。他們既不崇敬他，也不膜拜他，只是畏懼。基本上，「偵探」這個人是真實存在的嗎？難道不是將他們不理解的現象，置入「偵探」這個虛構的名詞，藉此獲得少許的理解？

他們不懂殺人事件，沒有人給他們殺人事件的訊息。連「推理」他們都無處獲知。所以，他們才無法理解眼前發生的殺人事件。

因此，自我防衛的本能，讓他們運用「偵探」這個假想的人物，企圖去解釋這些現象——所有的事都是「偵探」幹的。那是一種萬物有靈論，「偵探」就相當於土著們的精靈。

於是，他們將自己無法理解的事件——死亡——解釋為「偵探」的作為。所以，鎮上出現的神秘紅印，也歸咎於「偵探」。甚至大人還利用它，來當作要小孩聽話的工具。

但是，那是他們的想法。

了解「推理」的我，卻不能這麼輕易放過。

它不是精靈，而是活生生的人，他因著某個目的而留下紅印乃是事實。

而某個人殺害鎮上的人，把頭砍下來也是事實。

只有一個問題，那就是為什麼選擇「偵探」這個名號，他們因為不懂「推理」，所以不了解犯罪。這樣的人會用「偵探」這個單字，實在匪夷所思。

換句話說……兇手是個懂「推理」的人？

「下面輪到我問話。」黑江隊長整理了情緒後說道：「兩位準備何時離開本鎮？」

「季節變換時吧。」

桐井老師說的話既不像玩笑，也不像認真。但應該是認真的。

「我還沒決定……不過不可能待過一星期。」

「是嗎？」

黑江隊長露出釋然的表情。

「接下來，輪到我。」桐井老師說，「克里斯，你有沒有什麼話想問？」

「有，那個……」突然接下這個問題，我有點吃驚。「對了……黑江隊長有沒有見過『偵探』？」

「沒有。」

「我見過。」一直沒吭聲的神目說話了。

「咦？真的？」

「嗯。我走到森林附近的時候——」

「神目，不准多嘴。」黑江隊長嚴苛地制止，神目挺直身軀從命。

這時，神目的胸前口袋附近傳出雜音。神目慌張地從口袋裡取出黑盒子，是個無線對講機。他把它塞進耳朵，背對我們小聲地與它對話。然後立即轉身，將對講機交給黑江隊長。

「隊長，野戶呼叫。」

「野戶？河上出了什麼事？」

「好像已經到達危險高度，因為昨天的大雨吧……」

黑江隊長朝說話慢條斯理的神目瞪了一眼，同時向對講機的對象下達指示。

「是洪水嗎？」我悄悄對桐井老師說。

「八成是。」

「兩位，我有急事，所以先走一步。神目，後面交給你了。」

黑江隊長喀答喀答地走出房間。直到走出旅店前，都還可以聽到喀答喀答的腳步聲。我們三個被拋下的人，一直專注聽著像暴風般急速消失的腳步聲。

「真的很抱歉，隊長那種樣子……」神目歉然地低下頭。「他很忙，不過是個很有能力的隊長。」

「剛才，你說你見過『偵探』？」桐井老師轉回話題。

「是……」

「『偵探』是什麼樣子？」我問。

「看起來很不像人，而是什麼東西的黑影……他的臉也是黑的。不對，那到底是不是臉也很難說。總之，應該是臉的位置，漆黑一片什麼也沒有。全身上下都是黑的……不過，他有腳，所以應該是類似人的動物。『偵探』沒發現我便消失在森林裡了。」

「『偵探』住在森林裡嗎？」

「是的。」

「大家都知道這件事嗎？」

「不，很多人都不知道。並不是所有人都知道『偵探』，也有人完全沒聽過。小孩子倒是知道得較多。因為有傳言說，做了壞事『偵探』就會來砍你的頭。」

「神目先生對『偵探』了解多少？」

「我一點也不了解呀，但我想我們稱之為『偵探』的物體，應該是慣常的東西。」

「慣常的東西？」

「像是跟這個世界的建立，有著自生自成的因果關係……總之，『偵探』就是圍繞這個鎮的森林。」神目帶著認真眼神說道，「這個鎮的周圍是片巨大的森林。兩位應該也知道，這個鎮沒有一條路與外界連繫。」

……他一定不曉得，我來的那條路。

「我想，森林裡不時發現屍體，並不是什麼奇怪的事，而是極自然的循環中出現的極自然事件才對。」

「那麼，你所見到的『偵探』到底是什麼？」

「是替森林執行其意志的物體吧，就是我所看到的那個黑影。」

神目說時毫無疑問，在他心中，似乎已經固執地為「偵探」的存在決定了一個理由。但是，跟黑江隊長相比，這種斬釘截鐵的直覺式推測，令我完全不能接受他的話。

「森林是條界線，將我們居住的世界，與淨是廢墟的外在世界分隔開。森林的存在有其重要的意義。我想，『偵探』應該就是它的具象姿態吧。」

他不懂「推理」，「偵探」不是這種人物。

這個鎮在什麼地方出現極大的偏差。不，或許已不只是這個鎮，整個世界都開始偏差了。

「還有什麼其他想問的事嗎？我和隊長不同，任何問題我都會回答你。其實，我很歡迎你們來。因為很久沒有外地人造訪了。」

「既然如此，希望你們別再監視我了。」

桐井老師冷笑地說道。

「果然還是被你發現了。不過這也沒辦法，因為說到音樂家，在稍早的時代，一向是反政府主義者的代表人物……」

「那是很久以前的事了呀。」

「但很多人不這麼想，請你多多包涵。」

「我沒放在心上。」

桐井老師可有可無的口氣說道。

「這個鎮幾乎不與外界交流嗎？」

我為了打圓場，向神目問道。

「沒有。有車會將零件送到外面，不過每個月只有兩次。」

「零件？」

「是的。這個鎮幾乎所有人都以製造『都市』使用的小零件來維持生計，食物全是自給自足，只供鎮民使用大致是足夠的。外面的事，我們都是透過廣播知道的。所以既沒有出外的需要，也沒有人想出去，除了孩子。長大之後，大家對外面也不再有興趣，因為他們知道外面根本沒有什麼值得嚮往的東西吧。」

「你呢？」

「我……也沒什麼興趣。但是，對你們倒有些好奇。如果方便的話，下次可以告訴我外面的事情嗎？」

雖然還有些話想問神目，但他必須隨隊長去視察河川的狀況，所以我們送他離開。我不知道他們擔心的那條河在哪裡，但這個旅店安全嗎？雖然我喜歡游泳，但我可不喜歡跟整個鎮一起沉下去。

「好像越來越難做個不插手的旁觀者呢。」

桐井老師浮起疲倦的笑容。

「對了，老師，」我回頭面向桐井老師，「老師住在哪裡呢？剛才說的那位學生……」

「我在旅行中，總有辦法找到落腳處的。」

過了十分鐘，一位長髮女子撐著傘來接桐井老師。他們在旅店門口竊竊低語了片刻，便互相依偎著撐傘走上雨中的紅磚路。桐井老師回頭，向我揮手。

明明是他自己說，別跟鎮上的人有牽扯的。

我回到房間，看到桐井老師的小提琴遺落在我床上——他這種少根筋的性格還真讓人很難生氣。

第三章　斷頭湖

無所事事地在房間裡發了一會呆，悠里進來了。除了我之外沒有別的旅客，他似乎閒得發慌。由於鎮民對訪客敬而遠之，所以旅客漸漸絕跡。如今只剩這裡還稱得上旅館。

「你聽說過這一帶有什麼特別的宗教嗎？」我問悠里。

「宗教？你是指向神明膜拜嗎？沒有什麼特別的，因為沒有人膜拜。」

「是哦。」

從紅色十字架記號和描繪的地點、方法等，還是感受到宗教式的信念。此外，從鎮民對死亡的逃避態度，就算有什麼特殊宗教也不奇怪。紅色記號讓人聯想到儀式，而從沒有危害這一點，似乎可回歸到觀念上的動機。但是，鎮民們沒有人了解紅印的意義，也就是說那不是反映地方風俗的宗教。若是如此，該不會是有什麼秘密結社在全國各地潛伏進行惡魔崇拜，近日才來這裡扎根吧……當然，這得先確定有這麼回事才行。

「你還在想紅印的事？」

「嗯……」

「何必自己動腦筋嘛，等別人告訴你答案就好了。」

「可是，誰會告訴我答案呢？」
「不知道。」悠里滿不在乎地回答，然後立即把臉湊到我耳邊。「克里斯，你見過書嗎？」
「沒有。」
「我也沒見過。不過，我看到你，就想到那些愛書人。他們在我還小的時候，經常來我家借宿。大家都跟克里斯一樣，總是為了什麼事煩惱。我很喜歡他們，因為每個人都對我很好。人家說，書教人殘酷的事，使人性變得殘暴，一定都是騙人的。」
「我也這麼想。」
「克里斯，你也是他們的同夥吧？你身上是不是偷偷藏著書？你不用藏，我不會去告發你的。」
我搖搖頭。
「我真的沒有書，也沒見過。不過，我爸爸告訴了我很多書的故事。」
「真的啊……真遺憾，如果你有書，我倒希望你拿給我瞧瞧。我好想看看書到底是什麼樣子，哪怕一次也好。書裡不是有故事嗎？走進書中，就可以知道天下各種事情，最適合我這種坐輪椅的人了。」
「真沒想到。原來你並不討厭書。」
「當然啦。那些討厭書的人，都是被廣播洗腦的啦。」
悠里嘟起嘴說。關於廣播洗腦的事，現在沒有人敢明說。他們都沉浸在電波另一端、安逸無憂的世界裡。安全、沒有暴力、舒適的世界資訊；沒有血，沒有兇器，更不存在無頭屍體的世界。

廣播基本上不播出創作作品，既然有政府在管理，就不可能跟娛樂沾上邊。電視也和廣播相同，處於嚴格的檢閱控制下，大部分播放的都是沒完沒了的療癒性自然風景。但是，這個鎮原本就收不到電視的電波，照道理應該沒有電視。雖然，即使有，它的資訊價值也不比廣播高。

對於從一開始生活中不存在書本的人來說，他們或許根本感覺不到書的重要性。甚至還感謝無時無刻播放許多訊息的廣播，他們滿足於現狀是因為——他們根本不懂創作——故事。他們幾乎被剝奪了所有接觸創作的機會。一切都是事實，那些事實，或許是檢閱局製造出來，一種故事型的事實。但是，不知道故事的人，無法區分真實與虛構的差別。

我們的時代是無書的時代，同時，也可說是只有完美事實的時代，不存在故事的時代。

「書本的類型中，我喜歡『推理』。」

「『推理』？那是什麼樣的故事？」

「解決神秘的謎題。」

「所以，你也想解決紅印之謎嗎？」

「嗯……應該吧……」

對這個問題，我答不上來。我只是喜歡「推理」，所以才對眼前不可解的事件充滿興趣。我覺得自己還有事必須去做，有個聲音在呼喚我，所以我不能丟下眼前的謎而離開。那不只是好奇，更接近使命感。

「人說留下紅印的是『偵探』，可是實際上，有人目擊到『偵探』畫記號的現場嗎？」

「很多人目擊過呀。」

「那個『偵探』長什麼樣？」

「他們說，黑黑的看不清楚。目擊的時間總是在黑夜。所以，『偵探』打扮得一身黑，從來沒有人看清楚他的身影。」

「沒有人直接和『偵探』面對面嗎？」

「據我所知……只有一個人。」

「哦？有嗎？」

「一個小男生。那孩子說他在森林裡遇過『偵探』。」

「平安無事？」

「嗯，他才七歲大，有一次在森林裡迷了路，幾天後回家了。即使是大人，在森林迷路之後都出不來，但那孩子卻平安歸來。問他過程後，才知道他在森林迷路之後，遇見『偵探』，偵探送他到森林外來。」

「見到了『偵探』卻沒被砍頭？」

「對……那孩子說『偵探』一點也不恐怖。」

「他現在還活著嗎？」

「當然啦。我就診的醫院和他一樣，雖然現在我只需要半年去一次就行了。剛開始他一直不肯談『偵探』的事，但後來我們成為朋友，他就把過程詳細地告訴了我。」

悠里說起從朋友那裡聽到的事。

那是個神奇、但令人毛骨悚然的故事。

有一天，男孩將一名倒在路旁的少女帶回家藏匿，開始奇妙的共同生活。但少女身體日漸衰弱，終於到了藥石罔效的地步。由於男孩向父母隱瞞了少女的存在，所以也幫不上忙。為了救少女的性命，他只有求助「偵探」之力。

這個故事奇妙卻又毛骨悚然之處，在於少女藏在男孩房間裡時，明顯已與屍體無異，而且幾乎是屍身零散的狀態。少女為什麼會變成這種慘況原因不明，但至少在故事中描述了男孩將零散的少女裝進書包的行為。為了去找「偵探」，男孩進入森林時，也將少女裝進書包裡帶走。除非少女是零散的屍塊，否則這種行為是不可能的。

聽起來像編出來的謊言，但七歲的男孩應該不會編這種故事，簡直是個無解神秘的故事。故事到最後，被「偵探」救起的少女，在湖畔消失了身影。

我越來越不明白「偵探」存在的目的。「偵探」會幫助素行良善的人，只砍斷壞人的頭顱嗎？若是如此，他怎麼區分好人和壞人呢？他總不可能監視鎮上每個人的一舉一動吧。

「『偵探』會來砍下壞孩子的頭，這個說法是真的嘍？」

「假的。應該吧……咦，克里斯，你怎麼了，臉色不太好哩。」

「我害怕他來把我的頭砍了……」

「你放心吧。」悠里噗哧一笑。「實際上，並沒有小孩被他砍頭。剛才的故事就可以證明啊，而且我從來沒聽過『偵探』會殺小孩。雖然我不曉得是什麼原因。」

「他不殺小孩嗎？」

這時，房間的電話響了。這是今天的第幾次？我被電話聲嚇得跳起來，但還是盡力掩飾下來，冷靜地拿起話筒。

「克里斯嗎？」雷公般的嗓門在話筒中響起。

「是，是的！」電話裡是朝木老闆，配合他的大嗓門，我的聲音也不由得洪亮起來。

「悠里在你那兒嗎？叫他聽電話。」

我把話筒交給悠里，悠里立刻沉下臉。

「你知不知道現在是幾點！這種時間還不睡覺，你又要把身子搞壞嗎？」

即使隔著一段距離，他的怒吼還是聽得一清二楚。我立刻閃開坐回床上，把兩人的對話聲趕出腦袋，儘可能充耳不聞。

兩人的拌嘴在電話上持續了幾分鐘，悠里才筋疲力盡地掛上電話。

「這老爸真嘮叨。」悠里露出苦笑說，「其他小孩的父母都不囉嗦，為什麼我家不一樣呢，是不是因為我們原本不相干呢？」

我羨慕悠里。

我的記憶中，父親幾乎從來沒有生過我的氣，也沒有責備過我。父親只有稱讚我，或是談書、談「推理」時才會跟我說話。所以，我盡力循規蹈矩，使行為舉止能得到父親讚美。此外，我還儘可能纏著父親說「推理」。我覺得，若想挑起父親的關注，就非得如此不可。

如果父親還在世，我現在還是會如此做。所以，悠里不費吹灰之力，就讓他父親著急生氣，實在教我羨慕。不過，朝木老闆的確比一般大人更富感情，尤其是這個時代，大人們對別人漠不關心已是司空見慣的事。

「爸爸一直要我去睡，煩死了，所以我還是回房間去吧。克里斯，你也早點就寢吧。」

「我送你回房間。」

我推著輪椅步出房門。

來到大廳時，聽到外面有些爭吵的聲音。我和悠里互看一眼，他率先反應過來，把輪椅轉到靠近門口的窗邊，掀開窗簾。

「馬路上有人聚集。可能發生什麼事了。」

「會不會又有哪一家被漆上紅印？」

我站到悠里身旁，觀望窗外。夜色太暗了看不清楚，但路燈旁有些人影在晃動。

「我們去看看。」

「我不去了。我爸會生氣，而且我去了也只是添麻煩。」

「沒那回事。」

「沒關係。你一個人去吧。」

我考慮了一下，便獨自走出大門。

跑到陰暗的馬路上，我往聲音的方向走去。仔細一看，一個男人坐在路中間大聲吵鬧，看熱鬧的民眾把他團團圍住。街燈的光剛好照在那男子的頭上，好像一盞聚光燈。我儘可能不讓別人發現，躲在遠處的陰影中，觀看這奇妙的光景。

「我真的看到了……」

失去理智的主角喊叫著，短短的頭髮四處飛舞，好像發怒一般。微黑的臉可怕地扭曲，看起來就像剛從墳墓裡復活的屍體，眼中充滿了血絲。

「喂，你到底看到什麼？」人群中有人問道。

「不知道——可是我確實看到了。」男人聲音顫抖著說。

旁觀者的冷靜表情，正好與那男人的瘋狂形成對比，這就是此鎮居民的樣貌。就算有人告訴我，他們全是墓園管理員，我也不會驚訝。不論發生什麼事，他們都無動於衷，好像連心和時間都停止一樣。他們中央的那個發狂的人，反倒顯得不太尋常。

「來個人把他送去醫院吧。」

「等等，等等。我沒有瘋。」男人揮開周圍的手說，「我確實在森林裡看到，那是——沒錯，是鬼。一個女鬼。」

旁觀者中發出近似失笑的嘆息。男人越是拚命想訴說什麼，那樣子看起來越滑稽。

「我會說清楚，從前面開始說，所以請你們聽我說。我是去察看河流狀況的，發現河水已經退了，所以轉身準備回家去。到了家門前，發現有個怪漢站在那裡，一手拿著紅色油漆罐，正要偷偷闖進我家。」

男子一說，旁觀者倏然靜下來。

「——你親眼看到了？」

「看到了。但他逃走了……那傢伙披著黑色斗篷，外表就像黑夜一樣黑。」

是「偵探」啊。一個聲音從聽眾中洩漏出來。

「所以後來呢？」

「我出聲叫他，那傢伙就急忙逃走了。我在後面追了一陣，那人跑進森林去。我猶豫了一下，但還是繼續往前追去。不過，森林是他的領地，我立刻失去他的蹤影……」

「你剛才說的『女鬼』在哪出現？」

「還沒說到。我追丟黑斗篷後，在森林裡稍微查看了一下，然後……然後……一個白晃晃的女人站在幽暗的森林中……她走出來想引誘我進森林……接著便突然在我眼前消失。」

「消失了？」

「是的，消失了。就在我眼前，咻地不見了。我沒有眼花，她是確確實實在眼前消失的。」

「真的是個女人嗎？」

「從她的身影就可知道了。留著長髮，而且她身上像裙子的東西還會飄動。白白的……總之就是白。」

不安開始在圍住他的群眾之間擴散開來，幾個人走近男子，把他扶起來，正在討論該把他送到醫院還是自警隊，聽得到人群中紛紛發出「偵探」的囁嚅聲。

「『偵探』果然是鬼。」

「不對，『偵探』跟女鬼不同。」

「不管是其他什麼東西，總之不是人。」
「不是人……他一定不是人……」
這些人中，好像沒有人知道「偵探」的真正身分。
我在他們發現之前，離開了現場。
「紅印是血的顏色啊……」
那個目擊者喃喃的話聲，彷彿從我後方追趕而來。
我急忙回到旅店，走向在大廳等待的悠里。
「怎麼樣？克里斯，你的臉色又很差了。」
「有……有鬼……」
「冷靜點。」
「一個男人說在森林……看到鬼。」
「喔，那個我以前就聽過了。」悠里不假思索地回答。
「你也知道？」
「森林裡有鬼，會在森林深處引誘人們，然後突然消失的傳言吧。」
「真的有鬼嗎？」
「那我就不知道了。不過好幾個人都撞見過。」
這世上真的有鬼嗎？
據那男子說，他追著企圖留下紅印的黑披風人物——推測是「偵探」——進入森林，沒留神間一個女鬼出現在眼前，又突然消失。所以，女鬼跟「偵探」、紅印，可能有什麼關係嗎？還是其實一點關聯都沒有？鬼的真面目有可能是「偵探」嗎？「偵探」掀開黑斗篷，裡面其實躲著穿白衣的長髮女子——

不過，那女子用什麼方法在眼前消失呢？除了真正的鬼，想不出還有誰能做到這點。

「偵探」與鬼……

這個鎮究竟在搞什麼鬼？

紅印之謎加上無頭屍體。

「偵探」的現身加上白色女鬼搗亂。

「克里斯，你還好吧？你會害怕嗎？」

「沒，沒有。我沒事。」

「可是，這樣一來，謎底解開了，真好。」

「解開？」

「反正一切都是鬼搞出來的，對吧。解決了，解決了。」

「謎底並沒有解開。」

「為什麼？」

「因為我們說的是鬼耶。」

「鬼不算解決嗎？」

「不算。」

「如果不是鬼做的……」

悠里說到這兒，突然按住胸口向前仆倒。剛開始，我還沒搞懂是怎麼回事，只是呆呆看著。不過，逐漸聽到他悶哼的呻吟聲，才驚覺好像是病情發作的樣子。我衝到他身旁，撫著他瘦小的肩，摩搓他的背。

「怎麼了？你還好嗎？」

「嗯……有點……」悠里咬緊牙根地說。

我跑進食堂，再轉進廚房，倒了一杯水匆忙跑回來。我把水遞給悠里，他痛苦萬分地把水一口氣喝下，終於慢慢平靜下來。他手壓著胸口閉上眼睛，調整沉重的呼吸。

「謝謝你。已經沒事了。」悠里聲音沙啞，但還是平靜地笑著說。

「還是去休息吧。」

「也是。」

我推著輪椅，送他進房間。

「不知道為什麼。」悠里低語，「我時常會想哭。」

我幫悠里蓋上棉被。

「我死了之後，就會馬上火化，倒進河裡流走吧。」

「……你討厭這樣嗎？」

「我討厭死了之後，馬上就被別人遺忘。」

戰爭、海嘯和洪水帶走太多人的性命，活下來的人在想法和生死觀上，都與上個時代大不相同。別人的死被當成避諱的事來看待，人們喪失了情感，每個人臉上掛著絕望的笑，因為他們用那笑容取代所有的感情。

然而，只要是人，哀傷時就該哭泣。

「跟我說說『推理』。」

「唔──那《六個拿破崙》怎麼樣？一個人在鎮上到處打破拿破崙像的故事。」

我把福爾摩斯的出神入化說給悠里聽，直到夜深人靜。他睡的時候，我已經忘了鬼魂出沒的傳言。我小心不驚醒他，回到自己房間，像隻疲憊的狗蜷曲起來，立刻進入夢鄉。

類似敲窗的聲音驚醒了我。

還沒天亮。想找手錶卻找不到。想去開燈，但房間裡只有蠟燭，太麻煩所以作罷。我正納悶自己睡得正香為什麼會醒來時，又一次聽到聲響。

咚咚……

好像敲門的聲音。

咚咚……

是窗子。腦海的一角想起女鬼的故事。雖然不是親眼看到，但可以清晰地想像出女鬼朦朧的白影。我可能還在作夢，一定是鬼，她凝視著我，想把我帶進森林。她緩緩靠近，發青的臉湊近玻璃窗的另一面，用指尖發出咚咚聲呼喚我。

不對，不可能有這種事。

難道，躲在窗外的是「偵探」，他是來取我腦袋的嗎？我是個壞孩子，所以他準備取我首級。

神啊，求祢救救我。

我蓋住毛毯，在胸口畫十字。但是，在這種場合下，十字到底適不適用我也不清楚。因為那個「偵探」在城鎮各處用鮮紅的邪惡十字架昭告。

咚咚……

咚咚……

啊，又開始敲了。

我提心吊膽地從毛毯中伸出頭來看向窗口。窗簾拉攏著，無法確知窗外的情形。

我身體定住不動，連摩擦聲都沒發出，靜靜地望著窗口。

敲擊聲突然停了。

我再次蓋上毛毯，閉上眼睛。

但是完全睡不著，心臟猛烈地發出撲通聲。

沒有再聽到敲擊聲了。

真的是敲窗嗎？也許是被風吹起的小樹枝，打到玻璃窗上發出的聲響。或是掛在屋簷下的補夢網搖晃撞到時所發出的聲音。還是我聽錯了，從一開始根本就沒有敲擊的聲音。這麼一想，彷彿恐懼感也稍稍定了下來。

但只要想到外面該不會有什麼東西埋伏著，心裡就焦慮起來。我必須搞清楚，必須確定窗外什麼都沒有。

我勉強從毛毯中起身，下了床。

好可怕……

別怕，我知道什麼都沒有。

我悄悄地拉開窗簾。

一片漆黑。

路燈已經關了，濃厚的黑影如湖水般填滿了視野。

不可能有什麼。

我如此尋思著凝目細看，發現黑影呈現出人的形狀。

頭上看起來像山一樣尖，所以應該戴著帽兜吧。連著帽兜的披風從頭到肩，也包覆了整個上半身。漆黑的布質宛如融進了黑夜，輪廓也變得含糊了。那個黑成一團的人影，就像黏在窗口般，一直靜靜窺伺著我的動靜。

那個人沒有臉，戴著類似黑色面具的物體，因而失去所有的個性，只殘留下令人發毛的「無臉的臉」。

我還來不及發出哀號，便已嚇得往後翻倒，跌了個四腳朝天。

那——就是「偵探」？

為什麼？

為什麼？

為什麼他要注視我？
咻的一聲，黑影動了。
「偵探」消失了。
他彷彿真的融進黑夜中。
我迅速站起來，與窗口保持一段距離，伸長脖子尋找「偵探」的蹤跡。於是，我看見一個在暗夜中奔跑的影子。黑色的披風衣襬波浪般翻飛，留下詭異的殘影。不久後，它就消失在黑暗中，再怎麼凝目注視也分辨不出他的位置了。
他是來旅店留下紅印嗎？
還是來砍我的腦袋呢？
已經不見了。
我終於有勇氣靠近窗邊。
怎麼辦？我該追上去嗎？不管剛才那個黑衣人是不是「偵探」，他一定知道些什麼。
我立即跑出房間，輕輕穿過走廊，以免吵醒悠里，再從大廳走出門。外頭下著霧雨，夜裡的一切既冷又濕，森林裡的樹長眠般的沉默，已不再令人感到害怕。反而是一股強烈的使命感驅策著我。身為這個鎮裡少數懂得「推理」的人，我必須解開「偵探」的真面目。
我非去不可。
跑出屋外，繞到旅店的後頭，走到我房間窗口的下方。腳邊雜草蔓生，無法確認足跡，只看到幾處草葉被踩倒的跡象，但那也可能是雨露造成的，沒有任何可以成為線索的事物。

我凝視著「偵探」消失的黑暗處。
那裡是森林。
該不該到森林裡去呢？
據說「偵探」住在森林裡，會砍下壞人的腦袋。
我屬於哪一種呢？
我是壞人。
儘管周圍的人不斷死去，我卻一次也沒有出手相救。儘管所有的事物不斷離開我，我也不曾守護過它們，所以我是壞人。
我害怕進入森林。
我的使命感和衝勁頓時受挫。眺望著眼前廣袤深遠的森林，彷彿就要被吞噬而窒息。它的深、黑不同於海底，是一股既無神秘性，也無神聖性的巨大黑暗。
我轉身逃回房間，頭髮和衣服都有點濕了。我失望透頂，頹然地坐在床上，不知如何是好。連逐漸冰冷起來的身體，都不想理了，也許我什麼都做不到，只能這麼默默離開。儘管消失的「推理」終於出現了一絲曙光了。
咚咚……
咚咚……
我吃了一驚，再次從床上跳起來。
「偵探」回來了？

我看向窗口，窗簾開著，剛才拉開後沒動過。
「克里斯。」
有人叫我。
窗外突然冒出一個人臉。
「啊！」
「小聲點。是我啦，克里斯。」
是桐井老師。
「老師！你怎麼會在這個地方？你在做什麼！」我注意到自己呼吸急促起來，「嚇死我了……」
「重逢的時間提早了。不過，這麼晚了你怎麼還醒著？克里斯，不可以熬夜哦。」
桐井老師脫了鞋，從窗口進到屋裡。
「老師，你還說呢……啊，等一下，不可以從這種地方進來啦。」
「事情緊急嘛。」
「你是要告訴我小提琴不見了，對吧？」我把小心收在床底下的琴箱拿出來，交給老師。
「好，還給你了。這麼寶貝的東西，為什麼不更小心點保管呢？」
「啊，果然在這裡。謝謝——啊，這點小事無所謂——」
「無、無所謂？」
「鎮上的情形有點古怪。」

「『偵探』出現了！」

「你說什麼？」

「你說什麼！」

「『偵探』出現了？是真的嗎？」桐井老師叉起雙手，好像想到什麼般突然睜大眼睛。「原來如此，我所感覺到的異樣，說不定跟『偵探』有關。『偵探』到哪裡去了？」

「消失在森林那邊。」

我簡單地說明了與「偵探」相遇的經過，一邊說明，我自己也感覺事有蹊蹺。「偵探」為什麼來敲我房間的窗子？「偵探」在哪裡消失？他好像要引誘我到森林裡。「偵探」知道我的存在嗎？

「他沒有傷害你吧？」

「沒有。一看到我發現他，就馬上隱身而去了。」

「是嗎？你沒事就好了。從你的話中感覺『偵探』似乎滿消極的，他只是到處留下紅印，或是透露行蹤……不過就因為如此，他的意圖完全不明。」

「老師，您為什麼會來？我以為是『偵探』又來了，嚇出一身冷汗。」

「就像剛才我說的，因為鎮上的情況有古怪。」

「這個鎮本來就怪啊……」

「不，這次有點不一樣。說得更具體一點，是自警隊的動向有異，他們包圍了一棟民宅。」

「一棟民宅？」

「說不定，他們已經準備逮捕『偵探』了。」

桐井老師手上拿著鞋子，就一屁股坐在我床上。半夜裡，桐井老師的臉色看起來格外蒼白，就算被錯認成幽靈也不奇怪。眉頭緊鎖、蹺腿而坐的姿態，宛如思索中的幽靈。不過，穿襯衫打領帶的幽靈恐怕並不常見。

「追捕『偵探』？可是『偵探』住的地方在森林裡呀。他怎麼會在民宅出現呢？」

「克里斯，什麼時候你成了這個鎮的居民了？你完全被洗腦了嘛。『偵探』肯定是某個人假借這個名號、扮演這個角色罷了。你不會真以為，他是從失落的『推理』中跑出來的人物，一直住在森林裡吧。就算在現實中真有『偵探』，他也不是故事裡的『偵探』，只不過是個平凡人。這個鎮裡的人，也許以為他是一開始就是這個世界裡的神。但我們這樣的外來者，應該可以充分了解他只是個非現實的偶像。這一點切不可忘記，不管你再怎麼浪漫都不行。」

「那麼……」我咬著下唇，拚命尋思該說的話。「您的意思是說，有個人在扮演『偵探』嗎？」

「我們是這麼想。」

「自警隊想要抓住這個人？」

「確實的狀況，我並不清楚。只不過，自警隊的動向跟以往不太一樣。」

「那麼，剛才在我窗外出現的『偵探』是？……」

「從自警隊的包圍網逃脫了吧……也有可能他沒發覺自警隊的包圍，還在外面徘徊。」

「自警隊的包圍也有可能是為了其他案件。」

「話是沒錯。」桐井老師點點頭，直視著我。「那我們怎麼辦？」

「怎麼辦？——老師不是說過，別與鎮上的人有瓜葛嗎？」

「我說過嗎？」桐井老師故意跟我裝傻。「當然是沒錯。不過，現在是發掘事件真相的好機會。坦白說，我不應該把你當成一個大人來商量。但是你是為了尋找『推理』的遺跡，才到日本來的，能了解『偵探』事件的始末也不壞吧？」

揭開事件的真相，不論在哪個「推理」中都有這個情節。

對我來說，「推理」的印象是最初始的記憶之一。所以，我才想明瞭「推理」是怎麼樣消滅的。也許因為我無法清楚得知教導我「推理」的父親臨終的情形，因而產生了補償心態。父親悲痛的聲音夾雜在吞沒我過去的海浪中，那是呼喚我的聲音。

傳說日本是「推理」最後被消滅的地方。在英國萌芽的花朵，隨著往西的潮流散佈到全世界，而在遙遠的盡頭凋萎。但是，至少所有熟悉書本的人都知道，謠傳「推理」還在日本殘存著。儘管所有的書本都已失去，只有「推理」還留在日本。日本在戰爭失敗後，依據戰勝國的思想和指導，曾進行大規模焚書，但復興之後的取締作業，在世界各地算是最溫和的，而且在現代國家中，日本也是最晚正式絕跡的國家。

因此，聽說日本的小鎮上出現「偵探」這號人物，很難不讓我詫異。「偵探」是「推理」中出場的英雄，「偵探」曾經是一種真實存在的職業，當然，現在它也是已消失的歷史。

今晚，說不定能揭開「偵探」的真面目。

也許，還能知曉「偵探」漆紅印的意義和無頭殺人案的真相。

「我們去看看吧。老師。」

「好。」桐井老師慢吞吞地站起身，把手放在我頭上。「我無法保證不會遇到危險，也許有可能關係到生死。這樣你還願意去嗎？」

「老師，你別嚇唬我。」

「我沒有。對方也是理解『推理』的人，他懂得如何使用兇器。既然我帶你去冒險，就得負責保護你。」

「不用擔心，我已經不是小孩子了。」

「你當然還是小孩。」桐井老師重新穿上鞋子，腳跨在窗口，一溜煙便跳出去了。「跟上來吧。」

「老師，窗子不是出入口。」

我打開門走出房間，穿過靜謐的大廳，從大門走到屋外，然後繞過屋子跑到桐井老師身邊，兩人一起走上紅磚道。

天空下著看不清的細密小雨，我們被雨所籠罩。由於夜已深沉，悄靜的小鎮完全沉浸在黑暗中。也許居民們都溺死在這淋漓的黑暗中，就算是溺死，也比一直被封閉在這個陰暗世界來得幸福吧。

我跟在桐井老師身後，他的腿長，腳步又快，我追得很辛苦，實在沒多餘精神去注意走的是哪條路。因為太暗而快走散時，桐井老師就會停下來等我。不久，我們看到一棟小小的老宅。

「克里斯。」桐井老師悄聲說，「從這裡往前去全都是自警隊的人，儘可能不要被他們發現。」

「為什麼？」

「我們是外來者。從鎮民的眼光看起來，我們兩人最為可疑，肯定會擅加推測。說不定還會認為我們跟事件有關，所以，小心不要被自警隊看見。」

「啊，老師大人，您在這種地方做什麼？」

「哇！」背後突然響起說話聲，我不自禁叫了出來。「神目先生？」

自警隊的神目不知何時站在我們身後。藏青色的帽子蓋住眼睛，身上的背心比起白天時，被很多東西塞得鼓鼓的。他可能一直在室外走動，衣服大都濕透。

神目慌張地摀住我的嘴，又招招手叫我們到水泥屋的陰影下。

「你們這樣很危險哪。」神目壓低聲音說，「如果別人發現的話，一定會懷疑你們。」

「……我們也正這麼想。」

桐井老師半伏著身子，四下張望。

「你們兩個人打算到哪兒去？請解釋一下。」

「我們在散步。」

「別騙人了。」神目嘆著氣說，「如果你們不說清楚，我就必須把你們的事向其他人報告。還好你們先遇到我，如果是其他人的話……」

「我們只是想參觀自警隊出任務。」桐井老師鎮定自若地開始說，「你們在監視『偵探』的藏匿處嗎？」

神目瞪大了眼睛問道：「嗄？你在說什麼？」

「你們接下來不是要去逮捕『偵探』嗎？」

「是啊。是有這個打算……但是『偵探』並沒有住在那間屋子。」

「那麼你們包圍的究竟是誰的家？」

「是那個聲稱撞到鬼的人。」

「啊！」我又大叫起來，再次被神目摀住嘴。

「別出聲！你幹嘛突然嚷嚷起來啊？」

「我也見過那個人。」

「嗯，應該引起不小的混亂。克里斯也在人群中嗎？」

「不過，為什麼要監視那個男人呢？」

「傳說看到白衣女鬼的人會遭到不幸，從這一點看來，隊長推測白衣女鬼會不會與『偵探』有關聯。鬼是『偵探』現身的前兆，如果推測沒有錯的話，『偵探』一定會再來找這個人。這是隊長的盤算。」

「原來如此。換句話說，與其進入廣闊的森林尋找『偵探』，不如等他自己上鉤。」

「就是這麼回事。」

女鬼的出現，也許的確是「偵探」現蹤的預兆。事實上，今天晚上，「偵探」就在我屋外出現。雖然不明白他的目的和原因，但「偵探」也許真如自警隊的盤算，已經開始活動了。

我猶豫著要不要把遇到「偵探」的事說出來，但桐井老師向我使了個意味深長的眼色，應該是叫我別說比較好。我接受了他的指示。

「就算是這樣，自警隊為什麼積極行動起來？」桐井老師問神目，「你們的隊長之前看來，對『偵探』沒那麼有興趣呀。」

「隊長只是疲於對付『偵探』這號人物。從隊長到我們，誰也不認識『偵探』。但是，隊長對『偵探』的事，似乎比我們想像的還煩惱。目前首要就是與『偵探』取得接觸。所以我們這次用這種方法，等待近距離接觸的機會。怎麼樣，別看隊長那模樣，其實他也很敏銳吧？」

我們在神目的前導下，三人一同移動到看得見監視目標的附近，蹲伏在草叢中。如霧般的雨將周圍的草浸濕，碰到皮膚時尤其沁涼。四周圍只看到一片黑暗，但是凝目而視，還是可以看到自警隊隊員手上的燈，如同螢火蟲般搖曳。陰暗中只有這一點點人的氣息。

「我建議你們兩位該回去了，但你們似乎不這麼想吧？」

「沒錯。如果『偵探』被捕，大家對我們的敵視也可以減輕點吧。」

「哪有什麼敵視呢？你說得太嚴重了。」

「話說回來，『偵探』真的會到這個地方來嗎？」

「如果今天沒來，我們就改天再試試。坦白說，過去我們也埋伏了好幾次，但每次都白忙一場。」

「對不起……」我打斷他們，「你對我們說這麼多不要緊嗎？」

「沒關係。雖然我們叫作自警隊，但跟那邊那群人沒什麼不同。我們也不是什麼秘密組織，我們的名字用『隊』而不是『團』，完全出自隊長的喜好。也經常遭人揶揄，說我們是小孩扮家家酒。老實說，我們也沒什麼過人之處，不過，硬要說的話……」神目說到這裡，沉吟了片刻。「只有一點，我們比其他人更愛這塊土地。自警隊裡的成員都很年輕，所以都是在這個鎮上出生長大的居民。就算我們是被大海逼到這裡，造就了這個鎮，但對在這裡出生的人，這就是故鄉。不論是鎮還是鄰居，我們都不能置之不理。我請求兩位，如果能幫助我們就太好了。」

「抓到『偵探』後，你們打算怎麼辦？」

「我們只是想瞭解。」

「瞭解什麼？」

「瞭解我們所不知道的事。我們不知道的東西太多了，對於歷史、對未來、對外面世界發生的事，我們什麼都不知道。所以我們都很困惑，我們長大的過程中，放棄了許許多多……我們只是無知地長大，『偵探』會不會是想打開我們的眼界，才在鎮上做出種種行為呢？我們必須向『偵探』求教。」

「黑江隊長也這麼認為嗎？」

桐井老師嚼著餅乾說。

「啊，老師，你又在吃餅乾！」

「你們也可以吃。」

「謝謝。」神目毫不懷疑地接下餅乾，放進嘴裡咬起來。「隊長的想法跟大家不同。我們在這裡埋伏，是為了跟『偵探』見面，但隊長跟兩位一樣，打算追捕他。隊長說的話，我常常聽不明白。他說過，『偵探』的行為是一種犯罪。犯罪，到底是什麼意思？」

「就是犯了罪行的意思。」

「我聽不懂。」

神目也是不懂「推理」的人。這不是神目的錯，也不是別人的錯，什麼都沒有錯。

「假設我想割下你的腦袋，」桐井老師用沉著、教誨的口氣說，「對你來說，是壞事還是好事。」

「我不知道，什麼是壞，什麼是好呢？」

神目眨了眨劉海遮住的眼，歪著頭說，那表情猶如一個不懂世事的孩子。

「如果頭被割下來，你會怎麼樣？」

「我想，應該會死。」

「你死了，就不能再保護這個鎮。你是為了保護這個鎮和這裡的人，所以才加入自警隊的吧？」

「是啊……」

「既然如此，如果你的頭被割下來就麻煩了，因為你再也無法保護任何人。如果別人做了對你造成麻煩的事，就不能算是好事。」

「對。」

「『偵探』有可能做這種事。」

「但是……」神目露出沉思的表情，靜默了一會兒。「『偵探』割下鎮民腦袋的事，不過是個謠傳。實際上並沒有人親眼目擊到『偵探』下手的瞬間。大家只是如此臆測罷了。無頭的屍體應該是災難的受害者，可能是洪水，也可能是土石流，但我不認為是人類造成的。不可能有人會做那種事。」

在他們來說，這種想法十分自然。我若是不曾從父親或書上得知「推理」的故事，一定也會立刻同意神目的看法，對屍體不同的認識產生的歧見。但是，我了解神目所不知道的「推理」世界。無頭屍體有其無頭的理由。

「如果割下鎮民腦袋的是『偵探』，那他為什麼要這麼做？有理由要做這麼無意義的行為嗎？」

「有的。」我直言道。「斷頭的理由有很多種，基本上……」

我正要開始說明時，神目右手對講機的收訊燈閃著綠光。

「唔，請等等。」神目叫我們暫停，拿起對講機。「是，我是神目——嗄？隊長不在這裡——是，我到這裡之後，一直都是一個人——現在沒有任何異狀。」

神目說話之際，我思索著斷頭的理由。然後，猛然想到一點，在「推理」消失的這個時代，像這樣與社會、文化封閉的小鎮，到底有多少人會去探索無頭屍的真相？他們不思考斷頭的原因，最多只認為是災難造成的結果，或把它當作是謠傳。孩子們似乎認為斷頭是一種懲罰，但這種想法肯定也是方便大人管教用的老生常談，真相並不在其中。

「推理」中的斷頭、無頭屍有一定的法則。但是，鎮上的人並不知道這一點。所以，如果「推理」的法則隱藏在事件的根基中，恐怕大家就在無知中度過歲月。當然，其中應該有人察覺異樣，並試著自己推理，黑江隊長就是這種類型的人。然而，就如同不知公式，卻要計算圖形面積一樣，完全不懂「推理」的人，很難遵循「推理」的法則，解開事件的謎底。這個鎮發生的兇案儘管都是神秘的「推理」事件，但最糟的是，幾乎所有人連它是兇案都未察覺。

這樣下去，沒有人能挖掘出事件的真相。

犯罪的人用只有自己才知道的規則奪下第一，其他的人卻在渾然不自知中加入比賽，並且輸給了他。

「苗頭有點不對。」

結束對講機聯絡的神目對我們說。

「發生什麼事？」

「隊長失蹤了。他也許想要單獨行動。」

「聽起來很有可能。」

桐井老師嘲弄地笑著。

「真傷腦筋。隊長說不定已經察覺到什麼，卻一直不告訴我們，他的脾氣一向是掌握真相後才說。」

簡直就像「推理」中出現的「偵探」台詞。

「隊長沒有指示，你們就不能行動嗎？」

「沒這回事。但不論如何『偵探』沒出現，我們也無計可施。我們只有等。」

此時，對講機的訊息燈再次亮起。看來神目似乎設定成亮燈警示，以避免發出來訊聲或振動的雜音。

「是，我是神目——嗄？誰？聽得見嗎？」

神目神色不安地望著我和桐井老師。他的表情有點異樣。

「聽得到嗎？請說話——你是不是隊長？是隊長沒錯吧？」

「發生什麼事？」我問。

「對方不說話。」

我們對話之間，其他隊員也加入通話，似乎大家都在互相通知有人發來無聲訊息。神目不斷操作著對講機。

「無法確定誰發出的訊息嗎？」

「是的。現在我轉到各子機的頻道，如果由我發訊，則可以選擇對話的人，但接收訊息者，不聽到聲音就不知道是誰發出的。」

「如果各隊員都向黑江隊長發訊的話呢？」

「我們正在這麼做，可是他不回話……啊，聯絡上了。隊長，聽得見嗎？我是神目。」

神目忘了壓低聲音，大聲呼叫起來。「隊長，請回答——唔？」

「怎麼樣？」

「他說了些什麼，可是含糊不清的，聽不懂。」

「借我一下。」

桐井老師把對講機搶過來，用食指抵住嘴唇，要我們保持安靜，然後將對講機貼在耳朵上。

「……湖，邊……」

桐井老師說。

「湖？」

「聽起來是這樣。」

桐井老師把對講機交給我。我看著手心中的小小機器，猶豫著拿到耳邊。

「……救……救命……」

「老師！」我倒抽了一口氣。「老師……怎麼辦？……老師，這個。」

「怎麼了？」

「他說『救命』……！」

腦中一片空白。

痛苦的回憶如幻燈片般閃過腦際。雨天，黑頭車，軍人，哭泣的女人，父親的連線——

我的手在顫抖，對不起，對不起。胸口好痛，宛如一支利刃刺穿了它；呼吸困難，宛如沉在深海裡。直到現在，仍有聲音從漆黑的海底傳來——

救命。

「克里斯。」桐井老師搖晃我的肩膀，「怎麼樣，你還好吧？」

「還、還好。」

「是真的。他在請求支援！」

神目毅然站起來。

「『偵探』現身了！」某人的呼喊突然響徹了夜空。

自警隊的隊員一齊出動，感覺上飽含雨水的空氣一股腦被打亂，到處響起腳步聲，幾戶民宅亮起了燈。我依舊窒悶地呆立著，任由桐井老師拉起我的手，衝出雜草叢，跑向紅磚道。我們通過乾涸的噴泉邊，鑽進水泥樓房間的小巷，打在臉頰上的冷雨，讓我漸漸清醒過來，開始掌握住當下的情勢。

「看，就在那裡！」

有人大叫道。一個穿著跟神目同樣背心的人，指著夜空說。

水泥廢墟的屋頂上。

一個黑色裝扮的影子浮凸在霧雨瀰漫的夜空裡。他既非幻影，也非幽靈，肯定是個有血有肉的人。黑色的衣襬在濕潤的暖風中搖曳，隱約看得見兩條腿，而那也是全黑的，告訴我們黑色服裝下，確實有著人類形貌的事實。恐怕他還帶著黑色的面具。

那就是「偵探」。

「偵探」站在屋頂的一角俯望著我們，宛如在向我們展現自己優越的地位。水泥樓房並不太高，但「偵探」卻像飄浮在遙遠的高空。我們被「偵探」所震懾，頓時啞然地仰望著他。除了自警隊隊員外，附近民家也陸續有人聽到聲音而聚集過來。

「咦，老師呢？」

神目四下梭巡了一下說道。桐井老師不見了。剛才他明明還拉著我跑，會不會跟我們走散了？

「老師，你在哪裡？老師？」

我擔心地尋找老師，好一會兒才從民眾中看到桐井老師神情疲憊地走出來，他的臉色很差，應該是肺病耐不住快跑的關係。

「對不起，害你擔心了。」

「您沒事吧？」

「先別管我，『偵探』呢？」

聽他這麼一說，我回頭仰望水泥樓房，發現「偵探」早已不在那裡了。

「他好像下來了。」神目放下耳邊的對講機說，「『偵探』現在朝森林去了。」

「森林！」

「我們追他去！」

神目往外衝去。自警隊的隊員們也跟在他身後，陸續跑上步道。但沒有一個民眾跟上去。

「我們也去吧。」

「可是，老師……」

「我沒事了。」

我們小跑步跟上神目的步伐。紅磚路凹凸不平，非常難跑，我好幾次差點絆倒，都是桐井老師抓住我的衣襟救了我。

穿越細長的紅磚道，視野豁然開朗，來到一片原野上。霧雨已完全成了霧，在草原上像雲一樣淡淡地擴散開來。霧的後方就是一片名為森林的黑暗，自警隊的隊員們正越過霧海，勇敢地向森林進擊。

「我們沒有裝備就進森林，沒問題嗎？」

我仰頭望著身邊喘著粗氣的桐井老師。

「也許不要窮追下去比較好。」

桐井老師神色中的疲倦多於洩氣，本來我就為桐井老師擔心，而不是讓他來擔心我。驟然間我才很難為情地意識到，之前我竟然忽略了。比起「偵探」，現在最重要的是桐井老師的身體狀況。

神目注意到我們，跑過來說道。

「你們最後還是跟來了。」

「是呀。『偵探』的動向如何？」

「我們追丟了……不過，等一下有幾個人會往林中湖前進，繼續追蹤下去。」

「森林有湖嗎？」

「對。剛才，從隊長的聯絡中，好幾次聽到湖這個字。應該是隊長想告訴我們他的位置，隊長剛才一定在湖的附近。」

「已經確定湖的方位在哪裡了嗎？」

「掌握了大略的位置。」神目敲敲背心上的口袋。「我帶了指南針，還有簡易食品，就算遇到麻煩，也可以撐一星期。」

「你們打算怎麼做？桐井先生。」

「我們跟在後面只會給你們添麻煩。」桐井老師彎下腰吃力地咳了一陣。「讓克里斯跟著自警隊進去吧。至少，他對森林比我熟。」

「不要，老師不進去的話，我也不去。」

「可是你很想去吧？別顧慮我，只是──」桐井老師在我耳邊輕聲說，「把你託給他，我有點不放心。」

「嗄？你們在說什麼嗎？」神目有點不安地問，「我可以先走一步嗎？這事分秒必爭。」

「請等一下。」

桐井老師拉住他。

我猶豫著該怎麼做時，遠遠聽到有人叫我的聲音。

「克里斯！你到這種地方做什麼！」

粗啞的聲音，像擊中我的後腦勺般襲來。

我詫異地回頭，卻看到旅店老闆朝木。

「我找了你好久！半夜我聽到什麼聲響以為有小偷，卻看到你往外跑了。你在做什麼！這可不是在外面晃蕩的時間！你以為現在是幾點？我以為你是個乖孩子，沒想到比我家悠里還調皮。這不是讓人擔心嘛！」

「啊……」

我突然說不出話來，毋寧說，老闆為了這點小事如此關心我，我感到很高興。

「對不起……」

「好了，回去吧。」

「請等一等。」

我扭開被抓住的手說。那一秒鐘，朝木老闆露出意外的神情，也許我的態度看起來是一種反抗。於是，我反射性地順口道出「對不起」。

「這個莫名其妙的騷動跟你有關係嗎？」朝木老闆質疑地把我、周圍的自警隊員和桐井老師全打量了一遍。「我不是叫你別那麼出風頭，反正只會惹禍上身。對不？」

「你來得正好。」桐井先生似乎想到什麼點子，「這位先生，克里斯拜託你了。」

「嗄？什麼意思？」

「你對森林很熟吧？」

「馬馬虎虎啦。至少比站在那邊的老甘清楚。好歹十年來，我家的柴都是在森林砍的。」

「目前我們認為，自警隊的黑江隊長很可能在湖邊遭遇不測。」神目從旁說明。「可否請你帶我們到湖邊？」
「是出了什麼事這麼突然，我是為了帶克里斯回家才……」
「事出緊急啊！」
的確，有朝木老闆作伴，就可以放心了。我們接下來必須去冒險，與孱弱的桐井老師和看起來像坐辦公桌的神目相比，朝木老闆的體格好了好幾倍，看起來可靠多了。而且他對森林也很熟，可以當嚮導。
「只帶你們進去就可以嗎？之後我就可以回家了？」
「是。」
「好，那就走吧。」
「各位，朝湖邊前進！」神目大聲地說。
我們把桐井老師留在原地，一起走進濃霧。朝木老闆似乎還沒有搞清楚狀況，但得到大家的仰賴，他心情似乎還不壞。走進森林前，我只回頭了一次，看見桐井老師在霧中的身影。跟桐井老師分開讓我感到孤單，但不能勉強他跟我們一起進去。
於是，我們進了森林。
映入眼簾的所有事物，似乎都對我們抱著敵意。伸展到幽暗空中的尖銳樹枝，盤桓在地面、絆到腳的樹根，在在都像是對森林的闖入者發出威脅。飄移的霧中，我突然失去了方向感，不知不覺間，往四方看去都只是粗壯的樹幹。光線越來越暗，我害怕被神目和朝木老闆丟下，奮力地向前走著。但心裡好害怕，有股想尖叫的衝動。不知何時會與「偵探」迎面相遇的恐懼，令我難以壓抑心中快速的鼓動。
神目與朝木老闆停下腳步，開始交談起來。四周圍自警隊的手電筒，看起來就像螢火蟲般在空中飄浮著。原先彌漫水泥和柏油等人工氣息的霧，現在轉變為濃密的大自然氣味。神目從口袋裡拿出指南針，開始調整方位。而朝木老闆把手電筒燈打在上面，一邊指示。
「走嘍，克里斯。」
朝木老闆拍拍我的肩，我被推著跨出腳步。
越往森林深處走，我越是失去走在現實世界的感覺。我懷疑自己只是躺在床上作夢吧？封鎖了視野的霧，在手電筒的照射下只是一片混濁的白，把周遭變幻為虛浮的光景，即使碰觸它也沒有感覺，缺乏感覺更加重了非現實感。
無意識間，我們成為了領頭者，一回頭，點點燈火在四處閃爍著。
「霧這麼濃，很難再往前進。」朝木老闆不耐煩似的說道。
「已經漸漸起風了，霧氣應該很快就會散了。」
「最好是這樣。」
神目和朝木老闆交談著前進，我則快跑著緊跟在後。
我們不斷越過黑乎乎的地面枝幹前進，但似乎永遠也到不了湖邊。會不會一直在原地打轉呢？我不禁憂慮起來。然而，腳下的土地開始變成平緩的坡面。我們可以很清楚地確定自己在往下走。
「看得到湖嘍。」

朝木老闆把手電筒光打向前方。

視野開了，冷空氣掠過我們。

那是一座寬闊的湖。以潛藏在森林深處的湖來說，實在大得出乎意料。也許是最近連續下個不停的雨，豐沛了這裡的水量吧。平靜無波的湖面，只有一層薄紗般的霧氣盤旋其上。對岸的山崖拔地而起，巨大的山影落在湖面，使原本晦暗的湖變得更暗淡了。

「馬上去尋找隊長！」

神目用對講機測試通訊，但似乎沒有反應。

自警隊隊員陸續從後方也來到湖畔。

「大家分頭沿湖畔搜索。」神目說。

我看著湖面。與其說它是湖，倒是更像森林裡驀然冒出的大坑。

搖曳的霧氣後方有些異樣。

是燈。

朦朧分不清輪廓、暈染的光。不只是我發現了，自警隊隊員中也有人指著它。

「那是什麼？」

「怎麼了？」

「那裡有燈。」

「對岸有燈嗎？」

「對面是直立的斷崖呀。」朝木老闆說，「沒有人可以立足的地方。而且那燈比較接近我們，不是在岸邊。」

「也就是說……是在湖上？」神目把手電筒指向湖面。「有人坐在小船上。」

即使用手電筒照射，遠遠的也只能看出是一艘船的樣子，朦朧的光源就是從那艘船上發出的。

我仔細地看著那艘船，在光線中隱約有個人影，在搖晃的小船上是誰站在上面呢？

「有人在船上。」

「是誰？」

「不知道，只看到影子。」

但是我有個預感。

那個身影就跟我今夜遭遇兩次的「偵探」幾乎一模一樣。

「是『偵探』。」有人嚷著。沒人對這句話有反應，彷彿在說，誰都知道這個答案。

「把整個湖包圍起來。」神目建議。「我們這麼多人，應該可以把湖畔團團圍住吧。」

隊員雖然只有十人不到，但如果站在彼此能互相確認的距離，就能如神目所說，包圍住除了對岸山崖外的整個湖邊。

隊員們迅速散開。

「啊。」一直望著湖面燈光的神目叫了一聲。

船上「偵探」的影子好像舉起了什麼東西。

「隊長，請回答。」

神目似乎察覺危險，拚命向對講機呼叫。

下一秒鐘，黑影將那東西揮落。

是斧頭的形狀。

「隊長！」神目絕望地慘叫一聲。

「偵探」一次又一次舉起那東西，再揮落，好像永遠都沒打算停手。那近乎異常的執著，像是要把他揮落的對象完全擊垮，又像是在享受這個動作般，有節奏地反覆劈著。加上霧氣造成的恐怖舞台效果，讓我的心為之凍結。

回過神時，我癱坐在地上。

湖上發生了慘案。

這比夢境更殘酷，我完全無能為力。我無法阻止眼前發生的事，只能呆呆地看著它發生。

斧頭的攻擊還持續進行著。小船搖晃著，「偵探」也在搖晃。但沒有一點聲音。只聽見森林的嘈雜聲在頭頂上盤旋。

這一定就是「推理」中描寫得極其慘烈的殺人時刻。但是，這種事不應該出現在現實中。「推理」應該只是書本中說的故事。就因為如此，我才能找到樂趣和喜愛。然而，當「推理」變成現實的那一刻，只剩下絕望。

啊……這就是「推理」啊。

然而，那個人並不是「偵探」。

「隊長……」神目木然地呻吟著。

「小船在動了。」

朝木老闆舉起手說。

小船似乎正往我們所在的右手邊漂去。

「快追！」

神目跨步跑了起來。我還癱著站不起來，但我不想被他們留在後面，只好抱著必須連爬帶滾的準備前進。

「湖面已經被包圍了，『偵探』應該逃不了。」神目說。

他說得沒錯。對岸就是直立的山崖，船沒有地方靠岸。除了那地區之外，其他都有自警隊隊員守著。

「啊。」神目高聲說，「燈滅了！」

無意之間，湖面的燈火消失了。

神目一邊跑一邊拿出對講機，一再嘗試通訊。

突然間，訊號通了。

「我聯絡上隊長的子機了。」

神目站定腳步，把對講機貼在耳朵上。

「是，是從我這裡發訊的嗎？」

「是。」

也就是說，對方一定是黑江隊長的對講機。現場的人收到訊息。

「喂喂，請回答。」神目急切的聲音呼叫道。「不行，沒有聲音——啊，斷線了。」

「總之快走！」朝木老闆說，「否則要被他逃掉了。抓到時再狠狠教訓他。」

路上跟好幾名隊員擦身而過，神目指示他們留在原地不許亂動。

我們費力來到從船的走向大致預測到的地點。

然後屏息等待。

東方的天空開始變亮了。

黎明來臨。

霧也漸漸消散。

我們默默地等待小船靠近。鳥兒群起飛上山崖，像在為我們報曉。白霧緩緩隨風消失，露出了整條小船的全貌。木板釘的小船船身塗了白漆，上面最多只能坐兩個人。船頭朝著我們的方向，以接近靜止的速度極緩慢地靠近。

我們的視線沒有離開小船半秒鐘。

船上沒有「偵探」。

至少從岸上看，船上空無一人。

「沒有人。」

「也許躲在船底。」

神目伸長脖子站到水邊，但似乎還是看不見船底。

「喂，這樣再等下去，船也不會靠岸的，你打算怎麼辦？」

「如果不把船拉過來……」

「怎麼拉！」

「我去。」我說。

「喂，你不准。萬一出了什麼事……」

「沒關係。」

怎麼看船上也不像有人。

當然，我所指的是活人……

「你會游泳嗎？」

「會，游泳是我最拿手的項目。」

「那麼，你帶著這條繩子去吧。把它套在船頭，我們用拉的。」

神目從口袋裡拉出繩子，把它捆成一個環交給我。

我拿著繩子走進湖裡。湖水寒冷刺骨，不過這水溫我還適應得了。倒是感覺有些異樣的湖水包裹住身體，壓迫著我的胸口。跟平常的狀態不太一樣。我儘可能不潛入水中，以站姿前進到小船的位置。湖水有點噁心的臭味。

船上可能躲著持斧頭的「偵探」，但是，在水底我肯定比他靈活。這點自信讓我毫不遲疑地往船邊靠近。

終於游到船邊。我照著神目的吩咐，把繩子綁在船頭前端。

向他們打了個手勢。

之後，他們兩人，再加上守在該地的一名自警隊隊員開始拉引。船漸漸從我身邊飄離，我游在船後跟隨。

「啊！」神目發出慘叫聲。

一定是船靠岸之前，他就看到船內的狀況了。

不久，船靠了岸。

「怎麼會這樣！」朝木老闆低喃道。

我從船側通過游上岸。

往船裡一瞧。

裡面躺著一個無頭的男人屍體。

船上滿地是血，內部處處灑落的血跡，底部則成了血塘。船一搖動，血塘也跟著晃，斷頭處還不斷滴出血來。

屍體穿著很眼熟的衣服。

是黑江隊長的外套。

從屍體的身長形狀來看，除了黑江隊長恐怕沒有別人。

「快看……」

朝木老闆指著某處往船身接近，從屍體的腳邊，拾起一把斧頭。斧頭也被血染得通紅。

「是『偵探』幹的。」神目開口道。

「『偵探』到哪裡去了？」

「沒見到。」自警隊隊員回答。

「『偵探』消失了……」

「果然是『偵探』嗎……」

我盯著自己的腳。才剛上岸，渾身濕漉漉的。混雜著小石頭的沙灘上，清楚留下我的足跡。

如果「偵探」從小船跳進湖中，游到岸邊逃走，應該也會留下跟我一樣的足跡。但是看得見的地方，都沒有任何痕跡。剛才我上岸時也並沒有壓過「偵探」的痕跡。我非常清楚，岸上沒有任何異狀。

「偵探」留下無頭的屍體，宛如魔術般消失了。

在一座完全被包圍的湖上。

間奏　書包中的少女

昏暗的下午。過了中午遠方雷聲不斷，空氣中充斥雨的氣息，然而，到現在一滴雨都沒下，烏雲黑沉沉地垂在低空。鴉群形成巨大的影子，往山邊逃去，牠們的叫聲向小鎮宣告著不吉。

拓人跑著回家，他原本想在朋友家玩到傍晚，但天候變了，所以提早離開。邊跑邊望向遠方的天空，看見閃電在雲間跳躍，閃光中倏然浮現的鴉群身影，像是空中的一點點污漬。霎時，世界一片寂靜，而晚了半分的雷聲，雖讓拓人害怕，但也湧起孩子似的激昂感。

延伸到自家的車道，已化為柏油的荒野。大大破開的裂縫雜草蔓生，窪陷處積了雨水，是一條已被棄置的車道。據說車道的末端，存在著許多人聚居的「都市」。拓人無法想像那是什麼樣的地方。沒有人需要去鎮外，鎮是孤立、封閉的。

人煙渺然的道路中央，掉落了一個白而柔軟的東西。拓人剛開始以為是一隻大羽毛。拓人放慢了腳步，戒備似的小心靠近。走近一看，那個白色柔軟、看起來像大羽毛的東西，有著人的形狀。

他再仔細觀察，發現那是一個少女。美麗的黑髮像把道路浸濕般潑灑開來，微側的身體，與微側的臉。兩條細長的腿從裙襬下伸出來，沒穿鞋。她是用什麼方法來到這裡呢？拓人想。

纖細而雪白的手腕，毫無防備地伸展在道路上。拓人凝視少女的手，然後仰望天空。雨就快下了，不能放著她不管。雷電閃著光，照映出慘白的少女輪廓，像幻影般浮現出來，旋即又消失。喂，妳怎麼了。拓人試著叫她。但少女沒有反應。對一再轟鳴的雷聲，少女也沒有一絲變化。她的神態有異，拓人雖然年紀尚小，但也知道這狀態非比尋常。他碰碰少女的肩，感覺不到溫度。少女明顯地在各種方面都與其他人不一樣。快醒醒，他叫了好幾次。但少女還是躺著不動，每當閃電亮起時，少女的形體便形成虛無的影子。

拓人抱起少女。身體輕得讓他詫異。

他抱著少女，才跨出一步，雨滴便像追隨他一般落下，雨聲宛如一場激烈的戰爭。正當他覺得自己被一股沁涼的獨特空氣所包圍時，拓人已經渾身濕透了。撞擊地面的雨珠化成霧狀跳躍而起。雷聲很近。拓人彎著身子為少女擋住雨水，急往家裡奔去。

拓人一到家，便直接把少女抱到自己屋裡。背後傳來父母叫他的聲音，但他暫且不想理會。輕輕地將少女放在床上，蓋上被單，然後才走出房間。

母親冰冷的眼光等著他。

「走廊都濕了。」

「是。」

「是你弄的吧？」

「是。」

「馬上恢復原狀。」

「是。」

拓人拿來抹布，擦起走廊地板。整個打掃過一遍後，又把抹布換成毛巾，擦著自己的頭躲回房間去。

他們似乎沒有發現少女。如果被他們發現的話，還不知道會說些什麼。暫時先別告訴他們吧，拓人看著床上的少女，心裡考慮著。

少女的姿態和倒在路上時一樣。可能衣服全濕了吧。會不會感冒呢？但他沒有用毛巾為少女擦乾，也沒有幫她換衣服，稚齡的少年還不懂這些。

看到她時，即知少女不是鎮上的人，因為這裡是個封閉的鎮，拓人對所有的孩子大都認識。然而，他從來沒見過少女。也許是從「都市」或別的城鎮來的。偶爾也有外人會來這個鎮。如果少女是外地人，為什麼會橫躺在路當中？最令他不解的是，少女異於常人的氣息究竟是怎麼回事。

拓人凝望少女的臉，吃了一驚。

少女沒有眼睛。眼的周圍浮著黑影，好像遭到兇暴的對待。黑影中央從前確實有眼球，但現在卻不見了。沒有眼睛，所以也不知道她究竟是睡著還是清醒。也許她只是裝著睡著的樣子。拓人心裡思忖著，再次叫喚她，但沒有回答。

從那天起，拓人展開了奇妙的生活。他不斷對完全沒反應的少女說話。拓人告訴自己，少女只是裝睡，一定有什麼原因，讓她無法說話吧，而且那原因一定很嚴重。畢竟她失去眼睛，而且倒在路中，所以不可能不嚴重，還成了現在這種模樣——

「妳從哪裡來的呢？」

少女不回答，從早上便一直靜躺著。

「喂，我了解，妳一定有什麼苦衷吧？不用擔心，我不會告訴別人的，也不會讓我媽知道。所以妳跟我說說話吧？」

不論他說什麼，少女總是不開口。拓人漸漸感到悲傷，少女不但失去了觀看世界的眼睛，也許連傳達語言的嘴也喪失了。如果真是這樣，那就太慘了，少女真可憐。以後，她要如何活下去呢？

拓人早早結束晚飯時間，把剩下的食物悄悄地帶到自己房間，用湯匙舀湯送到她嘴邊。好喝的湯喲，輕輕地抵在她嘴上，讓它流進去。但湯沒有流進她的嘴裡，只把嘴巴四周弄濕而已。

「妳得喝一點湯呀。」

拓人終於不耐煩地說。真煩人，她這麼裝睡想裝到什麼時候？特地幫她端了湯來，卻不領情。下次不拿了。

第二天，少女對拓人還是沒有任何反應。

「還在睡嗎？」

拓人用力搖晃少女的肩，少女宛如沒有觸覺一般。他把床讓給少女，自己一直睡在地上，可能因為疲倦，拓人對少女有些焦慮，用力按著她的肩，想把她弄痛。他用了相當大的力氣，但少女沒有任何抵抗。

「拓人。」

此時，屋外傳來母親的聲音，一如以往地不帶感情。拓人跳起來，不假思索地向門口衝過去，按住門把不讓人隨意打開。

「開門。拓人，你在房裡做什麼？」

「等等，我在唸書啦！」

拓人把學習用的收音機耳機拉過來，塞在耳朵上。

可是得把床上的少女做些處置。

拓人立刻打開衣櫃，掀開床單，把床上的少女抱起來，幾乎像扔的一般塞進衣櫃裡。就在他關上衣櫃門的瞬間，母親不由分說打開房門進來了。

「你有在好好用功嗎？」

「有啊。」

拓人拿出收音機。收音機正播放「新社會」的講義。

——戰後混亂期實施「焚書法」的三十一年後——

「你的床亂了。」

——制定了「焚書修定法」，保護國民遠離有害的訊息——

「是你弄的吧。」

——兇惡的犯罪從社會上消失了——

「馬上恢復原狀。」

拓人依照吩咐，將床單鋪平。母親滿意之後，開始檢查四處，看看還有沒有其他弄髒的地方。拓人迎合母親的視線，確認自己有沒有過失。床……玩具箱……窗簾……空水槽……衣櫃……

衣櫃！

少女的手指從衣櫃門縫隙中露出來。

一定是他把少女硬塞進衣櫃時夾到了。怎麼會這樣。只露出三隻的手指，看起來彷彿是少女從裡面求救的訊號。但是，那手指卻一動也不動。

幸運的是，拓人先一步發現了它。怎麼辦，一定會被發現的。拓人突然靈機一動，迅速脫下自己的上衣，抓在手裡走向衣櫃。他裝做整理上衣的樣子，把少女的手蓋起來。

母親正在查看玩具箱。

機會只有現在。

拓人打開衣櫃門。

就在這時，被門夾住的三隻手指，從少女的手脫落，掉在地上。

拓人差點尖叫出來。

好不容易按捺下來，才把上衣和少女的身體一起推進衣櫃裡側。

母親在檢查空水糟。

拓人把掉在地上的手指撿起來。

塞進褲子口袋。

倏地，母親轉向拓人。

「快繼續唸書。」

「是。」

母親板著一向無表情的臉走出房間。

拓人幾乎癱倒般坐了下來，身體冒出噁心的汗水。他總不能告訴母親，家裡藏著一個少女，不過暫時似乎沒有露餡。他擦擦汗，站起來。

取出口袋裡的三個東西，拓人不知如何是好。幼稚的心靈只是很清楚知道，有些事已經無法再挽回了。

雖說那是少女身體的一部分，但現在看來只剩下噁心。三隻手指。對不起啊，抱歉。拓人對著衣櫃裡說。會不會痛？

少女一如平常，沒有任何反應。

為什麼她不回應呢？

年幼的拓人對那件事還很懵懂。

因為從小到大，他從來沒有看過那個東西。

少女發生的異狀，立刻變得顯著起來。

第二天，拓人把少女從衣櫃搬出來時，少女的手指和腳都變黑了。拓人心中一驚，趕快讓少女躺在床上，檢查她上上下下有沒有壞掉的地方。越檢查他越發現，她的身體幾乎全都壞了。少女從頭到腳都浮出奇怪的斑點，輕輕擦拭變色的地方，顏色似乎會變淡一點，但無法恢復原本的白皙。

拓人感到手足無措。怎麼會把少女搞成這副模樣呢？是因為他勉強灌她喝湯？還是把她塞進衣櫃，壓斷三根手指？不，難道根本就不該帶她回家？

如果說其他還有什麼奇怪之處，那就是少女開始發出惡臭，手和腳也都比以前柔軟。此外，之前他稍微用力壓過的肩膀附近，也比其他地方變得更黑。

「誰叫妳什麼都不吃，身體才會搞壞了。」

拓人責備似的說。然而，他也不清楚這是否就是真正的原因。

少女一天比一天惡化。黑色的斑點覆蓋了少女全身。兩腳到裙邊已經全黑了。她躺在床上，連床單也變黑，所以，拓人讓她躺在塑膠紙上，再藏到床下。拓人漸漸害怕看到少女。但他不敢對別人說，自己也不知該如何處理。少女的變化簡直可以叫作敗壞。曾經美麗的臉龐，現在已不留原形。明顯開始發出惡臭後，連母親都注意到了。但她不知道惡臭的原因，只是發瘋似的在家裡到處潑灑消毒水。連拓人都快發狂了。

睡覺的時候，他也會時時擔心著床下。自己的背部之下，躺著那位少女。一想像那情景，他就害怕，連夢裡都看到少女不斷敗壞的模樣。

有一天，他從床下把少女拖出來時，少女的頭鬆動了，頭身就快分離。好像再碰一下就真的會分開似的。這只是時間的問題，因為腳已經與身體分開了。少女的身體軟趴趴的，不再是拓人認識的少女了。所以，縱使少女的頭快要掉下來了，他也無法可想。

不過，不論如何他都得想個法子。拓人開始認真地思考。他想找個朋友商量，可是怎麼也說不出口。跟父母商量更是想都不敢想的事。他必須自己一個人想出辦法來，必須把少女恢復原狀。

少女已經完全泥軟。他把潰散的部分、零落的地方全都集合在一起，勉強把她摺成兩半，又擠又塞地把整個身體收進書包中。最後，把終於和身體分家的頭塞下去後，感覺就像把少女封進小小的立方體裡。他真的做到了，拓人甚至有種驕傲的感覺。我的書包裡有個少女。那麼美的少女經過摺疊之後，就可以放進書包中。之前發生的異狀，說不定就是為了這種狀況而做的準備嗎？可以隨身攜帶的少女。一定是那樣的。拓人的思緒逐漸有了偏差。拓人揹著書包，好幾次到朋友家去玩。誰也無法想像書包中塞著的是少女。這麼一想，他就愉快起來。擁有自己的秘密，讓拓人很得意。

不過，總不能一直這麼下去。拓人很快便想到，少女會繼續敗壞下去。

請恢復原狀。

不知何處傳來這個聲音。但是，他不曉得該如何把少女恢復原狀。歸根究柢，她真的能恢復原狀嗎？他經過最初撿到少女的地方，想找找有沒有線索，盼望有人伸出援手。他需要大人的力量。大人們肯定知道如何將少女恢復原狀吧？

應該向誰求助呢？

突然間，他想起那個人物。

不確定是否存在的那個人物。

誰也不想提的人物。

連他是不是人，都沒人知道。

——「偵探」。

聽說「偵探」住在包圍鎮外的那片森林裡。在拓人所住的鎮上，「偵探」也是封閉世界的象徵。它是封閉世界的影子管理者，監視內外分界的看守人，簡直可以稱之為傳說的人物。孩子單純地把「偵探」解讀為「做壞事就會來處罰」的人。從大人告訴他們的印象，「偵探」就是正確的化身，或是懲罰的化身。

說不定「偵探」具有把少女恢復原狀的力量。

拓人立刻決定到森林去。他帶著少許糧食、少許的水和塞在書包裡的少女，藉著黎明前的微光，離開家門。

大人也不靠近森林。他們知道接近森林沒有好事。森林裡住著「偵探」，對鎮上的人來說，「偵探」不只是純粹想像中的生物。他們對「偵探」的敬畏已根深柢固，同時森林也是不可侵犯的場所。

但是，拓人以前對「偵探」和森林都一無所知。他懷著輕鬆的心情走進森林，打算當天就返家。森林裡全是高聳入雲的大樹，腳下踩到的淨是腐葉土，不太給人蒼鬱的印象。但是，所有的聲音都消失了。動物的聲音、風的聲音，在林外時都還聽得到。現在只有寂靜包圍著自己，在腐葉土上前進也宛如踏雲而行，而寂靜又讓人想到雪的世界。外在的聲音逐漸遠去，拓人緩步潛入了森林裡。

不論如何，他都必須找到「偵探」的居處。拓人漫無頭緒地在森林中走著。他以為自己一直記得出口的方向，但不知不覺間，拓人連自己所在之處都分不清楚了。他焦慮地跑起來，但方向卻是更深的森林。隱藏在淡雲後，本該在頭頂上的日頭已經傾斜，太陽就快下山了。原本就不佳的天候，再加上身在森林裡，四周的光線迅速暗淡下來。

拓人終於發現自己的錯誤。人們在森林裡迷路死去的故事，他不知聽過多少遍了。現在自己成了主角。那些主角色都是在森林裡茫然地前進，最後走上死亡的盡頭。他必須從先人的過錯中學到教訓。還好，他有食物也有水。

拓人在一棵大樹根下蹲坐下來。這時候，他的背好像頂到什麼東西。是書包。拓人一時太急躁，竟把少女忘得一乾二淨。他把書包從背上卸下來，抱在胸口。別害怕，我不是一個人。還有個美少女陪著我。當他抱緊書包，從初遇時即不可能有的少女體溫，似乎徐徐地傳到他的身上。連一開始就沒聽到的少女氣息、心臟的聲音，他都聽得見。也許是森林的夜太過靜謐，拓人終於鎮定下來。

母親現在不知道在做什麼？拓人在夜的寒氣中顫抖地想著。所有大人們都缺乏感情，長大成人就是這麼回事。大人不會傷害他人，不會歇斯底里，也不會大聲叫罵。但相反的，他們也不會愉快地笑、開心地唱歌。那些心情都在孩提時代，隨著廣播教育一起畢業。母親現在在擔心自己吧，她應該已經注意到自己不見了，除了要我「恢復原狀」外，她也會擔心我嗎？

「我不想變成大人……」少年喃喃自語，像在對少女訴說。筋疲力盡的少年，靜靜地落入睡夢中。

睜開眼睛時，拓人在一棟從沒見過的小屋裡。

那是一棟奇怪的屋子。只有一扇門，卻沒有窗。天花板很低，小屋也很窄。連個像樣的家具都沒有，拓人是躺在地板上的，彷彿被丟進一個空蕩蕩的空間裡。難道我還在作夢嗎？拓人站起來敲敲牆壁。但聲音卻像被吸進去般消失。整棟小屋不太穩當，好像是隨便搭蓋的，不過屋內的空氣倒是相當溫暖。

毫無預警地，門開了。

「偵探」在門後出現。但是，拓人無法辨別他究竟是不是「偵探」。只能用「感覺很像」的理由，相信他就是。那個人用磨得很薄的黑色裝束覆蓋了身體，臉上戴著黑色的面具，打扮怪異，明顯與常人不同。眼與嘴的部分雖然開了細細的縫，但是看不到裡面的東西。全身就像影子一般，所以縱使他的輪廓實在而明確，但卻散發出難以捉摸的存在感。

「請，請問……」

拓人啞然失聲，好一會兒他只能摸索地向後退。但「偵探」並不在意，他走進小屋，反手將門關上，站在拓人面前。

你來這種地方做什麼？「偵探」這麼問。出乎他的意料，那聲音就跟普通人沒有兩樣。至少可以知道，那是成年男人的聲音。

「我是來求你幫忙的。」

拓人把少女放進書包的經過，一五一十地說給他聽。之前他從來沒向別人說過這件事，剛開始時猶豫不決，說得吞吞吐吐。不過他還是把始末完完整整地告訴了「偵探」。說的時候，「偵探」既沒點頭，也沒答腔，只是站在原地不動。這種態度反而給了拓人信賴感。這點小事對「偵探」來說不算什麼，拓人如此相信。

「偵探」命令拓人把書包給他看，拓人把書包交給了他。「偵探」沒有一絲猶豫地打開書包，並且足足凝視著裡層五分鐘。他戴著面具，無法知道他的表情。這個不可思議的人物，面對摺疊的少女，他會給個什麼樣的答案呢？拓人緊張地望著他。

「偵探」用不帶感情的機械式口吻，感嘆書包少女的不幸遭遇，但僅此而已。

「為什麼她會變成這樣呢？」

聽拓人如此問，「偵探」開始解釋。

他說，少女被拋棄在森林裡了。

孩子們之間都相信，在離鎮外遙遠的地方，有個富裕的巨大集落叫作「都市」。每個孩子都夢想能到那裡去看看。但大人幾乎不告訴他們「都市」的事，因為等他們懂事之後，就會知道那只不過是個夢。到底「都市」是不是真的存在，誰也不知道。居民在鎮上的生活中，便失去了對外界的興趣，因為在鎮上能滿足所有的事。

少女打算穿越森林到「都市」去。但是擅自走出森林的孩子，會被摘去雙眼，施以可怕的魔法，然後被拋棄。森林之外是孩子不得涉足的場所。

拓人第一次聽到森林外的事。雖然以前聽說過，在外面的世界，有很多事物被禁止了，但怎麼會連孩子都不准存在呢？可見少女的長相跟別人不一樣，那一切都是森林的處罰。拓人害怕得發起抖來。

「她已經不能恢復原狀了嗎？」他問道。

「偵探」只是搖搖頭。被施了森林魔法、變成這種模樣的人，很難再復元。不過，有一個方法，只是不確定行不行得通。如果失敗的話，有可能身受重傷，就算成功，少女也不一定能恢復原貌。「偵探」淡淡地低聲說。

即使如此，你也願意嗎？

少年立即點點頭。

「偵探」教他的儀式是這樣的。

首先，所有的動作必須在新月的夜裡完成。

剛好那天是新月，正是適合舉行儀式的夜。「偵探」說，新月的光壓制森林的魔力。

其次，舉行儀式的地點，必須在新月形物體的旁邊。而這個新月形的物體越巨大，功效越大。

他說，森林的深處，有個新月形的湖。

那一夜，拓人在「偵探」的帶領下，來到那個充滿魔力的大湖。頭頂上的新月皓潔生輝，神秘的光束落在湖面，薄霧飄浮而過，似在保護這個神聖之地。

「偵探」站在湖水湧到腳邊的位置，繼續向拓人說明儀式的程序。

把少女零碎的身體全部集中起來，必須把她放得接近原來的形狀。如果有缺損的話，復活時失敗的可能性極高。

拓人依照偵探所說，從書包拿出少女，排列在湖邊。他不太想碰觸少女，但想到他必須在月的魔力消失前完成，使命感督促著少年繼續進行。

零碎的少女立刻排好了。銀白的月光照耀在少女上。銀光中的少女，讓拓人憶起閃電中映出的身影。

你為什麼想救少女？

「偵探」問。

「——因為第一次見到她時，覺得她很美。」

我想跟她永遠在一起。

所以——

剩下的儀式只是為少女祈禱。要全心全意地想著少女復活。「偵探」說明完後，便轉過身背向拓人，默默退到森林裡。好像在說自己能做的事都已經做完了。

拓人一如吩咐，坐在少女的身旁，合起雙手全心地祈禱。夜的寒氣逼人，他也不在意，只是繼續地祈求。求求您，把少女恢復成原本我喜歡的樣子吧——

拓人察覺湖面閃爍著耀眼的光芒，於是睜開眼睛。夜空清朗，新月不見了。籠罩四周的霧，現在也消失不見。能見度極佳的湖面，在眼前擴展開來，湖水是深碧色的。

拓人站起來，尋找少女的影蹤。

少女依舊躺在昨天拓人讓她躺下的位置，但是和昨天不一樣，少女已經恢復原狀了。美麗的黑髮如同被水浸濕般潑灑開。微側的身體，與微側的臉。兩條細長的腿從裙襬下伸出來，就和拓人最初發現少女時一模一樣。她真的回來了。而且連原本沒有的眼睛，也恢復了原狀。

「偵探」說的話沒錯。儀式成功了。

拓人想把少女抱起來。

就在這時，一陣驟風吹來，少女霍地站了起來。

啊！

拓人忍不住叫起來，他想抓住少女的手。

然而，少女卻機靈地躲過了。

同時她像飛翔般躍進湖裡。

「謝謝你。」

他彷彿聽到少女的聲音。

湖面上，包覆少女的水紋無聲地擴散開來。

「等等！」拓人在水邊呼喚著。

但少女頭也沒回地，便融入水中了。

最後還留在湖面附近的少女手掌，少了三隻手指。

第四章　少年檢閱官，上場

天亮之後，再次降下大雨。

我從旅店的食堂，眺望窗外落在陽台上的大雨。天空陰沉，下方的森林更是幽暗。沒有風，雨珠劇烈地垂直墜下。流淌在落地窗的水滴，似要打亂我的心情般，畫著歪斜的線。

聚在食堂裡的人，各朝不同方向坐著。自警隊隊員神目、旅店老闆朝木、他的兒子悠里，還有我和桐井老師。尤其是在森林湖邊目擊殘酷殺人景象的神目和朝木老闆，每個動作都如鉛般重，連話也懶得說。他們都累了。想必從別人的眼中看來，我也是一樣。

「也就是說，兇手在湖上的小船殺害黑江隊長，然後突然消失不見了，是嗎？」

桐井老師沒有對象地問著。神目把臉轉向他，瞪著眼點點頭。

「我看得很清楚。那傢伙拿著斧頭朝著船底直砍。」

「燈光滅了。」神目不管說話脈絡，接著補充道，「然後我們去追船。船在我們面前出現時，『偵探』已經消失了。」

「真的是『偵探』嗎？」

「不是他還有誰！」

神目激動地咆哮。

「鎮定點！」桐井老師舉起單手安撫神目。「在船上進行殺人的『偵探』——暫時先把兇手叫作『偵探』——發現你們來了，所以把燈滅了。然後，他留下兇器和屍體……不知何故只帶走頭部消失在某處。是這麼回事嗎？」

「如果只陳述事實的話，就是如此。」

「那麼，『偵探』消失到何處去呢？」桐井老師咳了幾次。「按一般的想法，他應該是游泳上岸了……」

「當然，我們確認過了。我們在湖畔巡了一周，調查是否有從湖裡上岸的痕跡。」

「結果呢？」

「到處都沒有這類的痕跡。」

「湖的周圍都可以調查得到嗎？」

「湖是新月形的。」這次是我來補充，「往內凹入的一側岸邊，幾乎就是拔地而起的山崖，別說是人想從那裡上岸，就算想站在崖上都有困難。向外凸出那側的岸邊，是一片碎石和沙的湖岸。也就是說，人可以上岸的地方，只有整個湖周圍的一半。」

「原來如此，所以，痕跡的搜查並不是那麼費事。」

「是的，我們剛好在湖岸中央附近，目擊到船和『偵探』的犯行。載著屍體的船，緩緩地流向新月上端的岸邊。從最初目擊到船的時候，到發現屍體之間，自警隊所有人已把湖團團圍住。因此，湖可以說處在『眾人環視』的巨型『密室』中。」

「那是什麼？『眾人環視』？『密室』？」

神目一臉疑惑地問。

「啊，沒事……」

太粗心了，我不應該隨便使用「推理」中的用語。

「總之，你們的意思是說『偵探』應該無路可逃才對。」

「是的，就是如此，我們直到剛才還在湖的周邊調查、監視。但都沒有發現『偵探』的蹤影。」

「湖裡也調查了？」

「嗄？」

「『偵探』從船上消失是事實，而他沒有上岸，恐怕也是事實。若是如此，『偵探』會不會還在湖裡？也可以想成他換到別的船上去。又或是很有耐力地在水裡等你們離去。」

桐井老師一針見血地指出其他可能性。

「湖裡我們也確實查過了。」神目說。「各個角落都沒有可疑的身影。天亮之後，有段時間雨停霧散，所以我們應該沒有遺漏。湖上什麼都沒有。」

就算我們假設「偵探」準備了一套潛水用具，他也無處可逃。現在也有幾位自警隊員在監視湖面，不過並沒有傳來「偵探」浮起來的訊息。他們說，湖底並沒有和其他河流或池塘相連，不可能從水中逃走。

山崖那頭架著繩梯，因此他們推測會不會從那裡逃走。然而這似乎也是不可能。人要跨越山崖難度太高，連架繩梯都是難上加難的事。不過，自警隊還是儘可能搜索山崖周邊，猜想也許會發現什麼證據……

「『偵探』消失了。」

神目斷言說。對他而言，這句話肯定意味著真正的「消失」。他們的心裡並不想追求合理的解決與真實。

「嗯，的確消失了。」朝木老闆也贊同地說。

「『偵探』果然不是人。他是統治這個鎮……這個世界的偉大存在。與鬼和妖怪都不一樣，是比他們更完美的『造物』。否則，他到底用了什麼法子從湖上消失呢？怎麼想都不可能。」

神目激動地說。

「揮著斧頭，搜集人類頭顱的『造物』……」

桐井老師兩臂交叉陷入沉思。

悠里在一旁似想說話，但什麼也沒說。

「『偵探』的舉止，我們無權置喙。那是一種奇妙、複雜而不可思議的事……但一切都已經結束了。」

「黑江隊長的死，你就這麼算了嗎？」

「老師，死去的人不會回來了，對嗎？」

神目直率地說。他的表情有如凝結般一動也不動。這是此鎮的人特有的表情，彷彿行屍走肉般、缺乏人性的神態。我直到現在才了解，神目也是這個鎮的人。他們雖然受到名為「偵探」的「造物」威脅，卻還是逃避死亡的現實，而且還周而復始地過著無處可逃的封閉生活。

「現在起，身為副隊長的我就成為自警隊隊長。以後也請多多指教。」

「對了，各位早餐打算怎麼樣？想吃什麼嗎？」

朝木老闆出來打圓場。

「我不用了，還得跟森林裡的同伴聯絡。」神目站起來，把椅子推回去。「老師、克里斯，辛苦你們了。如果還有下次機會，盼望你們也能幫忙。」

「等等，別急著走。隊長不是死了嗎？你能不能告訴我他為什麼會死？」

悠里插進來說。

「別多嘴！」朝木老闆立刻打斷說。「這些都是『偵探』所為，就跟車禍或天災一樣。你還要別人說什麼？悠里！」

「爸爸，你真的這麼想？」

「真的。」

「騙人！」悠里少見地高聲大吼。「爸爸，你怎麼了。爸爸不是這種人呀。不論什麼時候，只要我不懂的事，爸爸都會教我。不是嗎？其實……」

「我叫你別多嘴，你聽不懂是吧！」

爭執漸漸轉變為父子吵架。我有點不知所措，於是低下頭，假裝撥弄衣領的破洞。結果是神目插進來調解。

「好啦好啦。想法人人不同嘛。這次狀況複雜，朝木老闆也幫了自警隊很大的忙。我們十分感謝。孩子，你該為爸爸感到驕傲。」

經神目提點，悠里不服氣地嘟起嘴。

「那麼，我該走了。」

神目鞠了躬走出食堂。

我立刻也站起來追出去。

跟著走到大廳，我叫住他。

「有什麼事？克里斯？」

「神目先生……黑江隊長的死，你們會怎麼處理？」

「以自然死的方式……處理。」

「你不是開玩笑吧？」

「人的死不能開玩笑。」神目表情嚴肅地說。「我們只能這麼判斷。」

神目的身影看起來好像和黑江隊長重合了。

黑江隊長雖然對「偵探」採取不干涉的態度，但私底下卻在調查他真實身分所在。想必神目一定也想了解事件的真相。但是他無法理解，又沒法破解，只好放棄。放棄追查，然後成為這個鎮、這個世界的一員。於是他們成了獨當一面的大人，就這麼終了一生。

「你不是說過，想保護這個鎮嗎？……」我低頭道。

「是，我想保護。」神目回頭，「所以我不是全心全意地在做了嗎？然而，隊長卻死了。

為什麼會這樣子？我不懂。我真的不懂！這有什麼辦法呢？我們什麼都不知道，『偵探』到底是何方神聖啊！」

「我也不知道。但是，有一點我可以確定，『偵探』既不是鬼也不是妖怪，應該也不是其他的『造物』。」

「克里斯……」神目用力閉上眼睛，歪著頭咬緊牙根，「隊長想揭開『偵探』的真相。他不告訴我們，而在暗地裡進行，是為了怕我們人心惶惶。隊長也許太接近『偵探』了。所以……所以……才會被……被殺。」

神目的身體微微顫抖著，似乎在忍耐著什麼，又像是害怕什麼。

「神目先生。」

「我好不甘心。」

緊閉的眼流不出淚來，也許他已經沒有淚可流了，但也可能他是在努力忍著。

「剛才雖然說我什麼都不知道，但有一點我很清楚。」我說。

「那是？」

「『偵探』——是個殺人犯。」

神目沉默著思考了半晌後，用力地點點頭。

「原來如此——」

「就這麼放著『偵探』不管行嗎？」

「克里斯君，我好像終於了解什麼叫作『惡』。」神目不由分說地抓起我的手握一握。

「這個鎮有邪惡的存在。但是你們本來就不是這個鎮的人，不論去留都很自由。總之，在你離開前，如果感覺有危險，請告訴自警隊。」

「謝謝。」

「不客氣。」

神目輕搖著頭微笑。我第一次看到鎮上的人——他——會這麼笑。

「如果發現新的情形，我會告訴你的。」

「好。」

「那，再會了。」

神目離開了旅店。

食堂裡朝木老闆與悠里的爭吵依然持續著。夾在兩人間的桐井老師，狀甚為難地死命為兩人排解。

「克里斯，你剛才到哪去了？」

桐井老師發現我便說，可能他覺得這正是轉移話題的好素材。

「我有點話跟神目先生說。」

「我們先回你房間去吧。我的樂器還放在那裡。而且，我也有點事要跟你商量。」

「好。」

我們走出食堂。

「敗給他們了，這對父子感情真好。」

「我很羨慕。」我盡量不想起自己的父母，「朝木真的很疼愛悠里。」

「我不了解做父母的心情。」

「……那，老師，你是怎麼看待我的呢？」

「你並不是我的孩子呀。」桐井老師表情訝異地說，「雖然我們年紀差了一段距離，但是我們是朋友吧？還是你有那樣的期待？」

「沒有。」

「想家了嗎？」

「我早就沒有家了。」

我們走進房間，感覺上好像離開了好久，其實只不過才半天工夫。回想起來，事情是從那個貌似「偵探」的怪客敲窗，把我吵醒開始的。那到底是怎麼回事呢？「偵探」為什麼要來我的房間？也許他要漆上紅印，所以先確認裡面有沒有人在。「偵探」也在屋內留下紅印，事前確認狀況也並非不可能。

如果一切都是夢就好了。

但這些都是現實。

「坐吧，克里斯，你累了吧。」

「嗯……有點。老師的身體怎麼樣？」

「沒問題。」

雖然他嘴上這麼說，但臉色卻依然蒼白。

「在森林前分手之後，老師一直待在原地嗎？」

「直到你們回來前，我一直一個人待在那裡啊——不過也不盡然，為了避開雨霧，我躲到附近的屋舍裡。因為如果再感冒，我就真的準死無疑了。」

「怎麼會呢……」

「這也許是個好機會。」桐井老師喃喃地說，「只有我們人類能做出詩和音樂。為了將快要逸失的東西保存在手中，絕不能不把它傳承給後世。至少我是這麼想的。克里斯，我覺得可以將它傳承給你，也必須傳承。」

「老師，你在說什麼？聽起來好像在說遺言似的……」

「可能跟它很接近吧。」桐井老師苦笑，「克里斯，接下來，我要告訴你一件事，但是知道之後，你的人生也許會有很大的改變，說不定還可能遭遇危險。」

「嗄？」

「知道它的存在，你對世界的看法也會改變。但是我相信你有能力用正確的觀點去看待。如果你做不到就糟糕了。因為我把這事傳承給你，所以我也負有重大責任。」

「說得好嚴重。」

「是的，這是一件嚴重的事。」

「別擔心，我離開英國的時候，就做好心理準備了。」

「了不起！你真是好孩子。不過你太優秀了。」桐井老師不知何時又開始吃起餅乾來。

「優秀是件好事，但也會令人擔心。」

「那你別告訴我好了。」

「不要鬧彆扭嘛。」桐井老師笑了。「我會告訴你，不過這件事跟你喜歡的『推理』有關。」

「跟『推理』有關？」

「透過這個鎮發生的種種現象，我歸納出一個結論：那就是所有的事都跟『推理』有著密不可分的關係。」

「你之前說過了。」

「唔。所以，恐怕──跟『卡捷得』有關係。」

「『卡捷得』？」

「果然你還不懂，那我就放心了。前面做的雄偉預告算是多餘的了。」

「『卡捷得』是什麼？」

「是『推理』的結晶。日本的推理小說家們，為了保存即將失去的『推理』所做的東西。」

「跟書本不一樣嗎？」

「不一樣。」桐井老師靜靜地搖搖頭，面向我說道，「它比書更小、更濃密，是偽裝的。」

「是……」

「就像你所知道的，日本的『推理』在封閉、絕望的境況中獨自發展，現在已經到達極限的地步。你可以用精粹來形容它。經過類似寒武紀那種進化的過渡期後，『推理』已蛻變為更美的形態。」

「但是，隨著法律變得嚴格而衰退——」

「嗯。但是，日本的作家並沒有因為這樣而完蛋。他們在承受警告和迫害中，做了最後一個工作，就是把『推理』還原成細小的元素。也就是說從根本重新看待『推理』，然後掌握住構成『推理』的要素、文句、記號、單字，加以分類。」

「也就是把它數據庫化？」

「簡單來說，的確是這樣。然後，他們又把這些數據細分，封裝在各種個體裡。這些內部記錄著『推理』元素的奇妙個體，因其外觀和內容而稱之為『卡捷得』（小道具），藏在日本的許多地方。」

「個體是什麼呢？」

「比如說，他們用了很多寶石狀、玻璃質地的東西。那些玻璃裡，以直接可判讀的狀態寫進數據，就像微縮影片一般。我只看過一次實物，但無法讀取內容。文字是以特殊列印型式，描寫在3D空間裡。據說只要習慣的話，任何人都能讀取，但學會那種訣竅就得花費不少時間。更何況，要把所有置入的數據都讀取出來，恐怕相當曠日費時呢。」

「它不是數位數據嗎？」

「一定是類比的。所以不用像光碟那樣，需要播放用的媒體。就留傳後世這一點來說非常重要。刻在石板上的文字留存了五千年，但光碟的播放裝置卻連五十年都無法保持。」

「『卡捷得』長什麼樣子？」

「幾乎所有的『卡捷得』都像個小玻璃球或寶石，看起來像是隨意嵌進鍊墜或手環裡，其他還有布娃娃或模型等，外表偽裝成許多形狀。外人不仔細瞧是看不出來的。

「可以把它想成是形狀特殊的記錄媒體吧。所謂的偽裝，也就是說『卡捷得』本體都鑲嵌在各種裝飾品和工具中，乍看之下是不會知道的。

「不過，因為製造了『卡捷得』，也就多了各種麻煩事。因為擁有者中，也有人想用它做壞事。若只是暗中買賣、淪為詐欺的工具倒還好，更邪惡的做法是把『卡捷得』裡寫的內容用在現實中，各個『卡捷得』裡寫的都是殺人的方法、騙人的障眼法。在我們這個時代，使用這些手法有很大的危險性。畢竟，『推理』的元素說來說去都跟死亡有關。」

「如果壞人持有『卡捷得』的話……」

「所以，政府對『卡捷得』監視的嚴厲程度更勝於書。政府在這附近搜查的傳聞，也許是真的。」

「這個鎮發生的事，跟『卡捷得』有關係嗎？」

「恐怕是。」

持有者正在秘密實行「卡捷得」的內容？

「剛才我說過，『卡捷得』並非只有一種型式，內容、形狀的種類繁多。所以，躲藏在鎮上的『卡捷得』持有者，到底擁有的是何種『卡捷得』，我們並不知道。是『消失』還是『密室』，還是其他種類……」

「欸？『消失』或『密室』是什麼意思？」

「我說的是『卡捷得』的種類呀。據我所知，其他還包括了『鏡子』、『山莊』、『雙胞胎』、『線』、『不在場證明』……總之，就是『推理』常見的小工具、狀況、背景等，各種數據都被拆開，各別封裝在不同形狀的載體。像『鏡子』、『山莊』，你就把它當作分類記號吧。」

在日本應該有很多我沒見過的「卡捷得」吧。我從父親那裡聽到的「推理」只是極小部分。更何況，把推理分成細小的元素，表示我不知道的部分還有很多。

「所有『卡捷得』都保持原有的內容嗎？」

「是的，當然，內容也有重複的。就保存的意義而言，這樣比較安全、有效。『卡捷得』一共做成了幾個，我們並不知道。」

「如果持有『消失』的『卡捷得』，就可以讀取、利用裡面的內容吧。比方說，在湖上消失之類的……」

「你說得沒錯。」

「得到『卡捷得』就能進行我們完全未知的犯罪，我們只會陷入無法理解的狀況中。以我們的推理程度，絕對只是小巫見大巫。」

也許，在我不知道的地方，現在仍有人利用「卡捷得」在進行犯罪——

「在過去，不管什麼種類的『卡捷得』，都有人在暗地裡高價買賣，那都不是一般民眾出得了手的價格。但是現在監視得很嚴密，幾乎已經沒有流通了。」

「老師對內情相當了解嘛。」

「因為『卡捷得』很像樂器。其實，我也是在尋找樂器時，得知『卡捷得』的存在。」

樂器依循著音符，就能演奏出任何音樂。

「卡捷得」依循數據，就能讓任何「犯罪」重現——

然而，真的這麼容易做到嗎？演奏樂器需要相當的技術，因此利用「卡捷得」的人也需要相當的知識才對。實現度一定不高吧。然而，我可以了解「卡捷得」的存在會被視為危險，因為可以想見，有時設計圖比實物更為重要。而且，某種無法理解的犯罪，正在我們眼前發生。只要一旦學得知識，或許就可以將它應用。

「謝謝你告訴我這麼多。」

我站起來向他鞠躬。

「不用跟我道謝。因為我們是朋友嘛。」桐井老師敲了敲我的頭說。「反倒是我以後一定會一直煩惱，到底告訴你『卡捷得』的事對不對。因為你一定會想找出『卡捷得』吧？」

「我不會給老師添麻煩的。」

「我擔心的是你啊。當然，我不會阻止你，阻止也沒有用吧。因為你為了追求『推理』，特地大老遠從英國來到日本。不管怎麼樣，我把這件事告訴你或許還是對的，就算我不說，你總有一天還是會知道『卡捷得』。」

桐井老師起身，拿出藏在床下的樂器。

「我也該回去了，有點睡眠不足。如果出了什麼事，到西路的轉角來。那裡掛了麵包店的招牌，應該很好找。」

「麵包店？」

「昨天以前都住在洗衣店。」桐井老師半開玩笑地說，他彎下腰，方便與我視線交接。「說不定政府就要開始正式搜查了。我想不用提醒你也知道吧，跟官員說話的時候，記得把『推理』的事都忘了。」

我點頭。一般人不懂「推理」，光是懂得這件事，就會受到別人質疑的眼光。因為如果現在發生的案子具有「推理」性，嫌犯肯定是懂得推理的人。這也算得上是焚書的優點。

「現在馬上離開本鎮也是一個辦法。不過，你還想再留幾天吧？」

「是的。」

「我也會陪你。不過那些官員讓人頭痛。他們只要一見到音樂家，就認為我們是反政府主義者……不過，或許這也是事實啦。」

「真的嗎？」

「音樂能打倒權力。應該吧。」

桐井老師平靜地笑了。

他跨出步子，但好像又想起什麼似的，倏然站定。

「忘了告訴你一件重要的事。」

「什麼事？」

「涉及『卡捷得』的案子，政府會派遣特殊的搜查官來調查。那些人是專門查『卡捷得』

的檢閱官。據說日本只有幾個人，跟其他那些警察或檢閱官完全不同。」

「原來有這麼厲害的人啊？」

「『卡捷得』的專門檢閱官，怪的是幾乎全跟你差不多年紀。因此，他們被人稱為少年檢閱官。不過，千萬不可因為年紀小就看不起他們。因為他們可是直屬於內務省的檢閱局。儘可能不要跟他們接觸，他們穿著特徵明顯的制服，應該很容易認得出來。」

桐井老師說完，打開房間門。

我們互相揮手道別。

我漫無目的地走出屋外，雨下得很大，所以我去向悠里借傘。雖然悠里求我帶他一起出去，但我委婉地拒絕了。一是不知道朝木老闆會怎麼說，另外也擔心悠里的身體狀況不太好，而且我想自己一個人上街走走。

穿過因雨而變成灰沉的水泥街邊，不知不覺往森林走去。踽踽走到鎮的尾端，再下去就是雜草叢生的原野，更遠處就是森林。森林看起來比昨天更幽黑。

我在廢墟的騎樓坐下，收了傘，遠望森林。

「偵探」消失在那座森林裡的湖中。

到底消失到哪裡去了？他不可能真的「消失不見」，現在一定還在某個地方。但是，「偵探」不可能從湖上逃走。因為湖岸被包圍住了。而且，沒有任何人從湖上岸的痕跡。就算自警隊員可疑，也不能動搖這個事實。

難道「偵探」萬念俱灰，所以跳水自殺嗎？

現在「偵探」的屍體還沉在水底……

就算他們找了，也不可能找到，誰也不敢碰觸水底的屍體。

思索「偵探」之謎時，我不知不覺地想起自己的父親。我的父親現在也還沉沒在某個不知名的海底。

父親也是告訴我「推理」世界的人。「推理」是個英雄的故事，他的名字叫作「偵探」。也許我在不知不覺間，把知道這些故事的父親也想成是英雄之一。而事實上，父親的壯烈犧牲，是英國海軍的英雄，真正的英雄。

我或許是想從「推理」或「偵探」中尋找父親的影像吧。為了沉浸在過去裡，才會如此不停地旅行吧。我應該還有更重要的事要做才對。離開英國的時候，我拋棄了許多東西。我的家、少數的朋友、軟弱的心，都丟了。我必須堅強，我是帶著強烈的使命感和決心離開英國的。然而現在，我卻感到無比的迷惑。

神啊——我該怎麼辦？

不安折磨著我的心。

我為何而來呢？

我是為了尋找「推理」離開英國。

原本是這麼打算的。

然而今日，我卻失去了方向，不知道自己想做什麼，也不知道自己現在在幹嘛。

「偵探」——這全是「偵探」的錯。「偵探」迷惑了我，「偵探」破壞了我心中的理想圖像。「偵探」再也不是英雄了，是兇手。「偵探」這個詞只剩下兇手的意義。所以，那個傢伙既不是父親也不是任何人。

「偵探」對這個鎮——對這世界——懷有惡意。

這麼一想，心情便輕鬆多了。我把父親的形象、珍貴的「推理」記憶與曾經存在於故事中的「偵探」完全混為一談，所以才會感到混亂。但是我不用再迷惑，眼前面對的「偵探」，跟我所知道的「偵探」是兩回事。

我必須看清真相。

如此一來，我迷亂的心情也許能找到一個正確的方向。

桐井老師說的沒錯，「偵探」一定擁有「卡捷得」。如果那是「消失」的「卡捷得」，也許就能知道從湖上消失的方法。只要他就此消失，不要再出現，這個鎮就能有太平日子了。但這大概不可能發生……

我站起身，再次跨出步伐，撐起傘走進雨中。

路上，看到好幾次熟悉的紅印。但不論怎麼看，還是不懂它的意義何在。這跟無頭殺人案有關聯嗎？

說起來，為什麼會有無頭的屍體呢？

湖上的屍體也是一樣。為什麼黑江隊長的頭會不見呢？有什麼原因？

無頭屍體的原因……

鎮上的居民不了解「推理」中無頭屍體存在的理由。更何況，他們從小到大，連普通的殺人案都沒接觸過，當然也不會去思考屍體沒有頭有什麼意義，很可能屍體和殺人現場的鑑識也做得不夠充分。恐怕還是該叫警察來，進行現場鑑識和證據保全吧……不過，我對警察的搜查行動沒有信心。能發揮正常功能的搜查機關，只有政府的內務省和公安調查廳。不過，政府並不是呼之即來的單位，只有他們判斷有必要的時候，才會過來。

說來說去，沒有一個單位靠得住。

回到旅店，包含朝木老闆和大廚薙野在內，好幾個人面色凝重地在談話。可能在談那個案子吧。他們擋住了旅店的門口。我收好傘，迎上他們的目光。

「喂，你到哪裡去了？」老闆擋住我問道，「我不是說過，別太常跑出去嗎？」

「是的。嗯……對不起。」

我縮起脖子，走上門廊鑽進大門。

這時，背後傳來由遠而近的汽車聲。我停下腳步，往紅磚道的盡頭望去。一個黑色物體像把陰影從黑暗之地牽引出來，那是一輛飛馳中的汽車。駛過水窪處，噴散的飛沫彷彿將自己的影子掃向周遭一般。

車子眨眼間來到旅店門前，在洪亮的煞車聲中停下。

門開了，下來兩個黑西裝男人。兩人同樣個子高大，肢體敏捷無一絲多餘。其中一個男子頭髮幾近全白，眉間深刻的皺紋讓人感覺到他的年齡，但腰腿卻一點也沒有衰軟的跡象，毋寧說相當健壯。另一個男人看起來年輕很多，但並不是肌肉型的，給人斯文的印象。由於他戴著墨鏡，看不出表情，不過嘴邊卻帶著詭異的笑意。兩人不論打扮、舉止都十分精練，沒有破綻，動作也像受過嚴格訓練。

白髮男人撐開傘走到汽車後方打開車門。

車裡走出另一個人。

一個西裝黑如夜晚森林的男孩——是那個我在焚書現場見過，很像娃娃的嬌小少年。不過他個子雖小，卻也比我高。看上去，年齡跟我不相上下。他一手拿著皮製小公文箱，另一手拿著類似枴杖的黑色長杆。從汽車下來後，面無表情地看著旅店的方向，然後用持枴杖的手若無其事地揮開擋住眼睛的頭髮。

少年走進白髮男撐的傘下，三人成為一體走上旅店的門廊。少年站在正中央，另外兩人由於步伐和速度配合他，而且把他夾在中間，看起來就像少年拿著兩面會行走的盾牌。

站在一旁觀看這段過程的朝木老闆沉默地一動也沒動，宛如被施了惡魔法一般，全身僵直。

我退到一旁讓少年等人進入屋裡。

經過我身旁時，少年的眼光和我交會了一秒。

我們擦身而過。

他的眼中沒有任何意念。

眼瞳就像兩只黑玻璃一般。

我在附近的沙發坐下，觀看事情的發展。
三人在大廳中央附近站定。
「榎野大人，請在這裡稍候。」白髮男說完這話，便走到櫃台前搖鈴。「有沒有人在？」
男子繞到櫃台裡側，拿起黑板。黑板上寫著房間出租表。
「看起來空房很充足。」
「怎麼？要住房？」
朝木老闆畏怯地走進來。
「你的空房我們要包下來。」男子用威嚴的聲音說。
「幾天？」
「——榎野大人，需要幾天呢？」男子轉頭問少年。
「一天就夠了。」
「了解。」男子從西裝內側取出貌似證件夾的東西，出示給朝木老闆看。「我想各位已經知道，我們是內務省檢閱局的檢閱官，被派遣來進行檢閱調查。你們國民有聽從我們的義務，知道嗎？」
朝木老闆表情一僵。
檢閱局！
果然這三個人的樣貌很不尋常。說起內務省檢閱局，事實上就是統治這個時代的組織。所有的情報都集中到檢閱局，進行分類挑選。率先焚書的也是檢閱局。即使是現在，檢閱局依然有焚書權，以及對違法書本的絕對搜查權。不過，這只是表面向民眾告知的功能，實際上，大家對它們幾乎一無所知，是個非常不透明的組織。

「知道了。」

朝木老闆的脖子幾乎垂到胸前地點點頭。

「感謝協助。」男子態度倨傲地說道。

「現在，我們怎麼做？」站在少年身旁的墨鏡男，依然故我咧嘴笑著問：「如果這次對方也乖乖舉白旗投降，就輕鬆了。」

「不過白旗來不及了。」男子瞥了少年一眼。「榎野大人在這之前就會把案子破了。」

「那麼，我陪榎野大人留在這裡，麻煩真住先生去搜查。」

「等等，不能把榎野大人交給你一個人，你到鎮上去。」

「我不太習慣在這種小地方搜查，沒想到這裡這麼荒涼，真敗給它了。這也算是文化衝擊哩。」

「沒你想得那麼嚴重，這還算不上搜查。我們只是搜集情報，別想歪了，搜查一向是榎野大人的事。」

「可是……」

兩人你一言我一句地爭執不下，少年轉個身背向他們，一個人走到大廳最裡側。

「榎野大人？」

「留我一個人就行了。」他沒回頭說道。

「那可不行。我們負有隨從您、保護您的使命——」白髮男雖然這麼說，但立刻領會地退後，「屬下明白。我們會在下午六點前回到這裡向您報告。汐間，走吧！兩個人分頭蒐集，速度快一點。」

白髮男只說了這句，便往外走去。

「了解。哦，真開心。殺人案耶。這道手續果然省不得。」

墨鏡男開著玩笑走出旅店。

過了一會兒，聽到汽車離去的聲音。

大廳只剩少年一個人。

他眨著極富特色的丹鳳眼，滴溜地把大廳環視了一次，並沒有特別的感觸也沒有不滿的樣子。

這就是所謂的少年檢閱官嗎？他身上的服裝，與剛才一直隨侍在側的兩人大不相同，讓人聯想到軍裝。桐井老師所說「特徵明顯的制服」就是指這個吧。

就算是如此，還是很難令人接受他就是檢閱局的檢閱官。再怎麼看，他都還是個小孩，身體的曲線既不像大人，而且脆弱得似乎立刻就要折成兩段。檢閱局這種地方，會讓小孩子擔任要職嗎？

朝木老闆、薙野叔和其他大人，在那兩個壯漢離開少年身邊後，便又恢復之前的調調。朝木老闆站到少年面前，低頭看他。薙野叔也跟在老闆後面，一副要給少年好看的氣勢，站在朝木老闆身邊。

「可別給我們找麻煩。」朝木老闆說，「這裡沒東西給你們燒。可以的話，趕快把事情辦完滾蛋！」

朝木的話裡威脅和哀求參半。但少年一副懶得理會的神情，轉了半個身，從他們身邊通過，不發一語地走出去。那種態度惹得朝木兩人呼吸更加粗重，不過自制力讓他們按捺下來。再怎麼說，對方都是少年，而且沒必要跟檢閱局的人為敵。

少年伸手越過櫃台，拿了黑板旁的一支白色粉筆，沉默地消失在食堂的方向。而朝木老闆等人隨口撂著狠話，離開了大廳。

我又在沙發上坐了好一會兒，凝望著喧鬧過去之後的安靜空間。

我還可以繼續待在旅店嗎？應該說我居然沒被趕出去。除了我借宿的房間外，其他都被檢閱官們包下，在這種狀態下，一個局外人繼續待在這裡實在尷尬。但我很想知道案子的進展。然而，桐井老師叫我不要接近檢閱官——

我悄悄地打開門，窺望食堂。

少年安靜地坐著，皮箱擱在餐桌上，兩手合抱地放在皮箱上。他無所事事地凝望著餐桌上的某一點。清晨開始的傾盆大雨一直沒停的關係，食堂裡也暗沉沉的，時鐘發出喀達喀達的聲音。少年維持同一個姿勢，文風不動，眼睛是睜開的，看起來不像在睡覺，不過我感覺他似乎連呼吸都停止一般。我很好奇他的一切，不覺站在原地繼續窺探他。

霎時，他的眼睛轉向我。

我一驚，不假思索地關上門，發出巨大的聲響。

糟了！他一定發現了。我很想就此逃開，回到自己房間去，但又覺得這樣更糟糕。於是鼓起勇氣再次打開門。

少年的眼睛依然看著這邊。

我走進幽暗的食堂，反手把門帶上。

「你、你好。」

我低頭說道。少年的頭這才第一次晃了一下。

「您好。」

少年既出人意表又很正常——帶著點恭敬的口吻——打招呼。不過，才說完似乎又覺得我的存在無關輕重般，飄開了視線。他托著腮靠在眼前的皮箱上，無精打采地轉開臉。大廳洩入的微光照在他的側臉，臉頰透現出無機質的美感，宛如用蠟或石膏雕成一般。放在公事箱上的手指，則有如纖細的陶器。

「我沒想到會遇到你。」他突然蹦出這句話。

表情不動如山，只有視線看向我。

「啊？」

「腳——」他指著我的兩隻腳，「是真的嗎？」

「是真的。」我答道，不明白他的意思。

「你在海裡游泳。」

……他還記得。

「是、是的。」

「海是所有污染最後的歸處。是威脅我們生活的死亡世界——然而，你卻能自由地游泳。」

「對。」

「一般人不會潛入那種地方。」

「真、真的嗎？」

「如果我的推理正確的話，你——是個人魚。」

少年用看似天真的表情說。

不過他立刻輕嘆了一聲，又恢復原本百無聊賴的表情。

「不過，好像錯了。」

「人魚？……」

「你的腳是真的吧？」

「是，是真的腳。」

「也就是說，你只是到處都看得見的普通人。」

少年丟下這句話，又緊閉雙唇。

我失去轉身離開的時機，僵在門口。轟然的大雨聲至少為我的困惑和沉默解了圍，不過，寂靜的沉默還是很尷尬，我努力想找話題。

「你是……來調查那件案子嗎？」

聽到我的問題，少年略微睜圓了眼睛看著我，也許這就是他最驚訝的表情了，然而他什麼話也沒說。

「我留在這裡，會不會妨礙你們？」

「妨礙？」這次他倒是回答了，「為什麼？」

「我在這裡借宿。所以，我擔心會不會打擾到你們的搜查……」

「我沒有影響。」

「如果是這樣就好……」

「你只要記住，你是個在這裡借宿的局外人。當我要燒掉這裡時，我會事前通知你。你喜歡水，但不喜歡火吧？」

「燒掉？」我訝異問道。

「我也不喜歡火。」少年興味索然地喃喃說。「我是說假如要燒的話。」

焚書活動似乎沒有馬上開始的打算，眼前可以先鬆口氣。

不過，隨著他們調查進展，也許最後還是會導向燒毀全鎮的結果。而掌控生殺大權的便是眼前這個神情還很孩子氣的少年。由於他缺乏表情，無法推測他的想法。他那淡漠的臉彷彿看不起全世界，但又像被世界遺棄般孤獨。從他表情和舉止中得到的印象，雖然不願與人親近，但同時也沒有一點敵意或惡意。

希望能再跟他多談一點。

我懷著這樣的小小希望。原本，他和我是一生也不會交會的兩條平行線。他是隸屬於政府的檢閱官，這也是他高貴身分的佐證。他既是兩個大人細心保護的重要人物，一定無法與我相容。這麼一想，不禁哀傷起來。他不是我這個來自英國的遠方旅人能交會的線。不過，兩條線雖不能交會，難道也不能再接近一點嗎？

我鼓起勇氣，向他走近一步。

「我的名字叫作克里斯提安納。」

我報上名字，他朝著我微微歪著頭。

「克里斯提安納——這是女性的名字。」

「沒錯。」好久沒有人聽對我的名字了。「據說是希望我不要去參軍。如果取了女性的名字，進入軍隊時，我可能會猶豫吧……我父親是軍人，但卻不想我參加戰爭。」

「戰爭，」他低語道，「上一世紀就該畫下句點的，但現在還持續著。」

當初即是為了消滅暴力、犯罪以至戰爭，建立和平的世界，所以才進行情報管制，也就是焚書。然而，直到今日，戰爭仍在世界的某處進行。幾乎所有人都不知道，哪裡還在持續什麼樣的戰爭。關於這一點，站在焚書最前線的檢閱官是怎麼想的呢？少年的表情看不出任何思緒。

「請叫我克里斯。」

我為了避開沉默而說。

「克里斯。」

「是。」

「我想問你一件事。」

「是。」

我開始緊張。

「你的名字跟克莉絲蒂或克莉絲提安娜沒有關係吧？」

「對，沒有關係。」我立即回答。

阿嘉莎．克莉絲蒂和克莉絲提安娜．布蘭德都是英國的「推理」作家。如果不馬上否定，我就會被懷疑。只要立即撇清關係，應該就沒問題……

「哦？所以你知道克莉絲蒂和克莉絲提安娜是什麼人？」

「啊！這個嘛，我是說……」

不能顯露出我知道「推理」的痕跡，這是與政府官員應對時的鐵則。我必須一開始就裝作不知情。

「原來如此。」

「我是說……我是說……」我突然結巴起來。

「你必須接受詳細調查。」

他抓住枴杖，似乎想要站起來。

他想對我做什麼？

我不覺向後退了一步。

但少年最終還是沒起身。

「算了。」他一副無所謂的樣子。「只到知道『推理』的程度並不是犯罪。你總不會還私藏著一、兩本書吧。」

我像博浪鼓般拚命地搖頭。

他輕輕地閉上眼睛，再次用手撐住頭。

「你有興趣的不是我，而是『推理』吧？之前，我不明白你為什麼要找我說話，現在終於了解了。」

「我沒這個……」

「一般來說，民眾對我的反應，會採取旅店老闆那樣的行動來表現。沒有人會向檢閱官打招呼。這一點你最好牢記，不要隨意跟我們說話，對你沒有好處。」

他的話裡雖有責怪之意，但也參雜著些許孤寂。

那一瞬間，我彷彿窺見孤獨將他包圍。

對「推理」有興趣是事實，但並不只有那樣。

「不是的。」我有點害羞地說。「是因為我對你很好奇……」

「大家都會多多少少在意我的存在，當然，是從敵視的角度。」

他不經意地理理衣領，像要藉由提示檢閱官的制服，提醒我他和我之間立場的差距，並且在兩人間畫上一條不可侵犯的線。

「對了，你叫什麼名字？」

他微微垂下眼睛，再仰起頭看我，開口說：「榎野。」

「榎野——你真的是檢閱官嗎？」
他點點頭，沒有隱瞞的意思。
「檢閱官要做哪些事？」
「調查啦、檢閱，就像字面的意思。還有搜索、發現違禁品，督促處分工作。檢閱官需要有優秀的搜索能力和偵探能力，因為大部分的書都被藏得很高明。不過檢閱官這份工作需要的行動力，恐怕超乎民眾的想像。」
所謂的檢閱，一般指的是在人眼接觸之前進行檢查。但上個年代存在的書本或在黑市流通的活字，是無法在事後檢查的。禁書當然都被擁有者藏起來，所以，才要求檢閱官要有能力找出來。他們必須具備偵探的能力，原本檢閱官只是塗改被禁字句或文章的文書處理員，但榎野他們好像不一樣。
「可是，還只是個孩子嘛……」
「我不一樣。」
「不一樣？」
——少年檢閱官。
特別的人物。
我看得出他和我之間有一條難以跨越的線。
檢閱失去的「推理」，並不是任何人都能做。他說的「不一樣」，指的就是這一點吧。
我對他有種接近崇拜的情懷。只有他，才是我原來所熟悉的偵探，與在這鎮上暗處為非作歹的「偵探」不一樣。如果有人能對抗得了「偵探」，無疑就是他了。

少年檢閱官的立場到底有多特別，我沒再追問下去。也許是我對這個問題有點忌憚，因為桐井老師說過，少年檢閱官是專門查「卡捷得」的檢閱官，這究竟是不是真的呢？

「穿黑西裝的那兩個人，也是檢閱官嗎？」

「他們手上拿的身分證明是這麼寫的。」

「但是……他們看起來好像是你的隨從。」

「這個嘛，見仁見智。」榎野伏低視線。「我只不過是政府管理的工具，你可以把他們當作是操作工具的人。他們看起來像隨從，但其實或許他們才是主人……我不知道正確的主從關係是怎麼樣。對我來說，怎麼樣都行。因為不論如何，我也只是——檢閱的機器罷了。」

檢閱的機器……這就是少年檢閱官？

我感到迷惑，我跟他的距離，不能再往前靠近一步了嗎？

「檢閱局是個什麼樣的地方？」

「檢閱局隸屬內務省，不同於警察組織，但實際上層級更高一點。為了搜查而踩警察管轄區域的例子也並不少。不過，我們雖有搜查權，卻沒有逮捕權。雖然為了執行業務，常常必須限制嫌疑人的行動。」

「焚書權呢？」

「那才是檢閱局唯一具備的絕對權利。檢閱局轄下的人員，誰都有用火的權利。但是，基本上負責焚書的不是檢閱官，而是焚書官。如果你看到穿著灰色耐火裝的隊伍，最好快逃，以免被捲入危險中。」

榎野的話聽起來不像誇耀的成分。雖然，說到政府的焚書活動，確是一種很榮譽的工作。

「榎野，你感覺上不太像政府的人。我以為跟焚書或搜索有關的官員，應該是更苛刻的人，但榎野有點不一樣。」

「是嗎？我不太清楚。」

「你什麼事都願意告訴我……」

「那是因為你問我。」

「我問了你就會回答嗎？」

「我的心是機械式的，只有單純的辨別能力和條件性的反應。別人要我說，我就會說。別人叫我做，我就做。我們所受的教育，就是要順從。」

「真驚人……」

我也不太懂，不過他的確不是普通世界裡長大的男孩。

也許跟我相遇，也不是一件普通的事。

「說起來……其實我跟那件案子也並非完全沒關係。在森林湖邊發生的殺人事件中，我親眼看到殺人的情景。我對整起案子記得很清楚，有幫得上忙的地方嗎？」

「真住他們去搜集重要情報了。」

「這樣……」

「不過或許有參考價值。」

「真的？太好了。」我單純地感到喜悅。「一天就能把案子破了嗎？」

「不需要那麼久。」

「嗄？你們的搜查進展到哪裡啦？」

「已到最後一步了。之後只剩確認作業。」榎野說到這裡，突然打開皮箱，伸手進去。

「克里斯，你有地圖嗎？」

「請等等，我去問朝木老闆。」

我跑出食堂，回到大廳。朝木老闆正走出門廊觀察天空的狀況。我朝他的背叫了一聲，他回頭，好像吃了一驚。

「克里斯，幹嘛？」

「請問……有沒有這附近的地圖？」

「我哪有那種玩意兒！」

「啊，是……對不起。」

我立刻回到食堂告訴榎野。

「被罵了一頓。」

「我想跟本地的地圖對照一下，不過也無妨。」

他從皮箱拿出昂貴的終端機和換洗衣物放在一邊，把一件件用品擺滿周圍後，最後從底部拉出一個四角板。那是個摺了好幾摺的大型相框。他為了清出放它的位置，把散在餐桌上的物品，又推遠一點。

「這個鎮的衛星照片。」

「哇，好厲害。」

濃綠圍繞的鎮。從太空的衛星上可以很清楚看見，這個鎮是如何的封閉。鎮正好位在濃綠中央挖空的一塊地。照片十分清晰，連一棟棟建築都照得一清二楚。他們連這種資料都到手了，真不愧是內務省直屬的檢閱局。

鑲板上在各處用紅色大頭針插著。不問也可推測，那是被漆了紅印的房子。從上空來看，意外發現它多集中在一個地區，好像集落一般。我原以為它是隨機地散佈在整個鎮裡，但事實上並非如此。看起來紅印全部共有三十處以上。

「可以讓我看到這個資料嗎？」

經我一問，榎野歪著頭，好像不明白我在說什麼。他答不出來時似乎都會做這個舉動。

「我是說，這會不會是搜查上的秘密之類的……」

「你不想看的話，不看也行。」

「想啊，我想看。紅色大頭針標示的是門或室內被漆上紅印的民家嗎？」

「反應很快嘛。你說得沒錯。」

「有紅印的房子，全都在照片上標示出來了嗎？」

「一個也不少。」榎野說著，拔起其中一個大頭針，隨意扔在桌上。「但是沒有意義。」

「怎麼說？」

「嫌犯並沒有地圖式的思考。就算找到紅點，也看不到任何東西。」

榎野說著，好像已對地圖失去興趣般，把它推到一邊。

「你的意思是說，漆紅印的地點並沒有特別的意義？」

「八成是。」

「但是，感覺上好像一區一區的。」

「當然，那是有原因的。等一會兒，真住他們就會帶來訊息，證明我的推測是正確的。」

「會是什麼原因呢？」

「克里斯，對這次的案子，你想知道真相嗎？」榎野突然直視我問道。

「那是當然。」

「如果你想知道，我希望你在旁見證這件案子的始末。」

一時間，我聽不懂這句話的意思。

這個提議太出人意表了。

「不過……行嗎？為什麼要我參與？」

「你跟這次的案子多少有點關係，這段時間你也看到各種現象。而從現在開始，到大結局之前，你一定還會看到很多，同時思考很多事，關於人的死亡、操弄別人的人。或者你會想到你自己，想到我們的時代，想到世界，還有——我。」

「嗯……」

「到時候，請把你的想法告訴我。」

「只要做到這些的話，我願意幫忙。」

榎野看著窗邊，陽台還浸潤在雨中。

「我是個完美的檢閱官——但我失去了心。」榎野輕輕地撫住胸口。「這裡也已經檢閱完畢了。在各方面它都是功能最建全、最完美的狀態。但是，透過你的眼看事情時，也許會發現我的心底角落尚未失去的部分，到時候我必須決定，該不該把它刪除。」

失去了心——

那究竟是一種什麼樣的狀況？我無從得知。我們能像這樣對話，不正因為我們有心嗎？榎野的確散發出與旁人不同的神奇氛圍，但看不出他完全失去了心。

「這個任務可以交給我嗎？為什麼是我？」我吞吞吐吐地問道。

「因為你在海裡游泳。」

這——也算是答案嗎？

我把來到這個鎮後的所見所聞，照實地告訴了榎野。他已經察覺到我熟知「推理」，所以，我也坦誠告訴他我的想法，連有關「卡捷得」的知識也不隱瞞。話雖如此，由於我也才剛知道，所以問他的事還比我說的多。

「榎野，你是『卡捷得』的專門檢閱官？」

「是的。」榎野點頭。「能辨識『卡捷得』的人只有我，和其他幾位檢閱官。」

「大家都是小孩嗎？」

「如果十四歲也算小孩的話。」

「但是如果只是『卡捷得』的話，不是誰都能閱讀嗎？」

「可以。只要會讀日語，誰都能讀。但是，一般人並無法讀取所有寫入的內容。你想像一下，在一個小小的3D空間裡，塞進了密密麻麻的文字。每轉一個方向，文字就完全不同，所以需要立體密碼的解讀能力。」

「你可以讀取『卡捷得』所有的內容嗎？」

「當然。但是，如果只是這樣，只要有充分的時間，任何人都能解讀。我們檢閱官還能逐字逐句地精查『卡捷得』的內容是否正確。」

「太厲害了……不過，那也就是說……」

「是的，我的腦中全部由基準值的數據組成，如果不能正確識破『卡捷得』，被假貨坑騙，便可能難以處分真貨。」

大腦裡裝滿了「推理」的要素是什麼樣子呢……

一時間，我覺得榎野真是個非凡的人，但同時也對他感到同情。怎能讓腦中裝的全是殺人、犯罪的相關資訊呢。

「這個鎮發生的事，果然跟『卡捷得』有關吧。」

「所以我才會來。」

「那麼，你已經判斷出跟事件有關的『卡捷得』，是什麼類型的吧？」

「是的。」

「是什麼類型？」

「是『斷頭』。」

——「斷頭」的「卡捷得」！

「我們從很早之前就確定，它就藏在這個鎮裡。因為我們查出幾年前，此鎮的某人曾經想到黑市兜售『卡捷得』。雖然無法查出那個人的姓名與住址，不過可斷定嫌犯是來自這個鎮。後來情報來源斷線了，當局決定按兵不動。後來我們來到這裡，便聽到連續殺人案的傳聞。事實上，這個鎮裡一個月有好幾人被斬首而死。從這個事實幾乎可以確定，連續殺人犯手上持有『斷頭』的『卡捷得』。」

連續殺人犯、嫌犯等單字，聽起來好新鮮。這個鎮發生的種種詭異事件，既非意外也不是災害，而是犯罪，我的腦海中對此有了清晰的樣貌。一切都是犯罪者所執行的瘋狂行為。

在我到達這個鎮之後，所遇到的淨是神秘無解的事。紅印之謎、無頭屍體、住在森林裡的「偵探」，森林出現的女鬼傳說、夜裡「偵探」在我窗外出現。最可怕的是湖上的慘案。在自警隊包圍的湖上，「偵探」留下黑江隊長的無頭屍體後消失。

全是謎。或許這鎮上還有其他我所不知道的異常事件在發生，那些情報，都會由黑西裝的檢閱官搜蒐集起來。

「兇手冒用『偵探』之名，也很奇怪。」

「冒用名字的兇手在『推理』中並不少見，像是『九尾貓』、『魔術師』、『蜘蛛人』、『影子人』都是。只不過這次名字正巧是『偵探』罷了，可能有些複雜的原因，但正因為如此，多少具有模糊事件輪廓的效果。」

是「偵探」？還是「兇手」？

我一直苦思不解，不知不覺開始追逐「偵探」的影子。

但是現在已經很清楚了。

「偵探」是兇手。

「從這鎮上發生的種種事件看來，不難想像兇手持有『斷頭』，並且把它用在惡行上。」榎野靜靜地說著，像個睏倦的孩子般揉揉眼睛。「紅印、鬼魂出沒、湖上的屍體都有密切的關係，沒有一件事與此無關。」

「紅印有什麼意義？」我無意識地俯視著衛星照片板說。「只有這一點，我覺得跟事件扯不上關係。難道不是嗎？被漆上紅印的人家，並沒有人被殺，和發現無頭屍等與殺人事件的關聯……而且嫌犯只是留下紅印，既沒偷竊，也沒有破壞……有沒有可能這件事不是『偵探』幹的，而是某人模仿『偵探』的打扮去做的呢？」

「不，紅印跟一連串的事件有著深厚的關聯，可以說是最象徵性的行為。」

「不過……只是加上印記的行為，到底有什麼意義？」

「你的眼睛應該已經看見了。」

「我的眼？」

「是的，嫌犯在各地漆紅印的行為，有著重大的意義，他的目的，你已經看見了才是。」

我至今到底看過什麼呢？

「紅印沒有規律性。留下的時間、星期、天候、場所……沒有一樣找得出規律性。他只是找沒人在家的屋子進行。什麼也沒偷，什麼也不傷害。那麼，該從什麼地方下手來解謎呢？你認為要從哪裡著眼才對？」

「紅印的形狀……之類。」

「還不壞。克里斯，你見到紅印，想到了什麼？」

「我想到十字架……而且從他在四面牆畫成幾何形狀、在鎮上各處留下印記來看，我懷疑他是否有宗教上的背景。」

「沒有錯。」

「真的嗎？」

「但也不算對。」

榎野拿起丟在桌上的粉筆，猛地一掀拉掉眼前的桌巾。

「你在幹什麼？你這麼做會把大廚先生惹惱的。」

「惹惱？」榎野骨碌碌地轉了轉眼珠，歪了一下頭。但立刻忘了這回事，在光滑的桌板上，開始用粉筆畫東西。「你說是十字架對吧。你還記得紅印的正確形狀是什麼樣嗎？」

「嗯嗯……左右橫槓往下垂，上下特別粗。」

「對。那就沒錯了。」

榎野在桌板上畫了十字架。

跟我在鎮上看到的紅印確實相同。

「這是模擬天主教的異端之一，卡多格派的十字架所畫的。」

「卡多格派……我沒有聽說過。」

「因為那是個沒有公開活動的異端教派。」榎野說著，對手上的粉筆灰有些介意。「卡多格派興起於十六世紀的法國，創始者是神秘學家烏利希・德・麥恩斯，曾寫過一本預言書叫作《奇跡之樹》。他精通醫學、科學、占星學和預言，由於擁有特殊能力，因而被教會視為異端。據同屬卡多格派的赫南德茲・艾瑪爾菲的著作《異端的年代記》中說，烏利希是個勝過撒旦的大魔王，也是人類的新彌賽亞。其實，烏利希具有相當神秘的預知能力，大家都將他視為打倒腐敗貴族社會、教會的破壞者，或是新世界的創造主。附帶一句，他記述的預言書《奇跡之樹》在焚書之前就已逸失。書裡面很詳細地描述我們世界發生的大滅絕。他為了將自己的末日預言傳承下去，因而組成卡多格派，至今仍延續著。」

「末日預言？」

「卡多格派因為信仰這種思想，所以也算是末日思想團體。教會把他們當作最危險的團體，不過如果從當時天主教的嚴格來說，這也不奇怪。」

末日思想這種論調，我已經聽得不想再聽了。不過在從前，世界遠比現在和平，所以或許它能成為一種信仰。即使是現在這個時代，還是有在信仰中迷惘的人，受到怪異末日思想的感染。畢竟誰都害怕滅絕、末日，若將它用信仰來頂替，我認為並不太正確。

「說到十六世紀，歐洲正處於黑死病侵襲和捉拿女巫的黑暗時代。關於捉拿女巫，卡多格派的始祖烏利希似乎也站在反體制的立場，不過當時只有教會才是正義的一方，所以他們只能是異端。」

榎野口中突然說出黑死病這個字眼，我不禁驚呼一聲。

「怎麼了？」

「以前，我跟老師……哦不，朋友討論紅印之謎時，曾說到黑死病，所以你說的話讓我聯想到那件事。我聽說，為了防範黑死病，所以在隔離病人時，會在門上畫一個記號。當時還開玩笑說，這個鎮會不會也發生傳染病呢……」

「沒有傳染病，這點我可以斷言，我們已經調查過這裡是否有可疑的急病患者。」

「所以卡多格派與黑死病和門上紅印的關係呢？」

「全都以末日思想這條線連結在一起。」

「卡多格派的人潛藏在鎮上，為了警告鎮民『末日已近』，才到處在門上漆紅印嗎？」

「從演繹上來說，會歸納為這個結論。」

「但是現在就算得知末日也沒用……而且鎮上的人就算看了十字架，也不可能領悟末日思想……」

「是的，克里斯說得沒錯。若把它當作留給鎮民的訊息有點薄弱。現在這時代沒有人理解它。說不定只出現神秘紅印的現象，還是會召喚某些對末日感到共鳴的人。」

「你是說，鎮上有些卡多格派的人潛伏，就像密碼通訊一般，只是在夥伴間打暗號？」

「在別人家門上留下印記打暗號，這種手法效率也未免太差了。」

「那麼，兇手只是為了自我滿足嗎？」

「自我滿足?」榎野反覆唸著這幾個字。「哦——若是那樣的話,他的行動太低調了,與彰顯性完全不同。」

「唔……」

「別把它想得太難。只要知道兇手是懂『推理』的人即可。也就是說——卡多格派的十字架是為探索其意的人所留下的。」

「什麼?」

「換句話說,他的對象就是包含我在內的搜查人員。許多人連紅印的意義,都沒興趣調查。但我們不一樣,搜查下去的話,總會發現那個印記是卡多格派的十字架。而且我們會從十字架看出末日思想,把兇手當作是受到狂熱末日觀念影響的人,而他的行為就是精神病態的罪行。」

「這就是真相嗎?」

榎野搖頭否認。

「這是兇手想的劇本。不過兇手犯了一個大錯,可能是因為從少量資料得到知識的結果吧,這種錯誤在現在的時代並不少見。」

「錯誤?」

「克里斯,站起來,過來這裡。」

我依著榎野的話,繞過餐桌走向他。

「看看十字架。」

「嗯——怎麼樣？」
「現在你看到的形狀是正確的卡多格派十字架。」
「但是這個顛倒了。」
「對，相反。本來正確的卡多格派十字架，就是倒十字。直木下方短，上方長。但是兇手搞錯了。他把它畫成一般十字架那樣，上短下長。一知半解的知識根本沒用，常有的事。」
「你說說看，為什麼會這樣？」
「兇手不太講究符號的確實性。也就是說，對兇手而言，印記的形狀不帶有任何意義。」
「怎麼會呢……也許，他把十字架顛倒過來，是表示背叛……」
「剛才我說過，卡多格派本來就是背叛的異端，所以他們才會用倒十字架。原本就相反的東西，沒有再把它倒過來的必要。」
的確……兇手恐怕是以書本或傳聞為參考，選中了卡多格派的十字架，但由於見識太淺薄，所以一開始就記錯了，也沒注意到弄反。他想欺騙檢閱官，但是常識太不足了。
「既然印記的形狀沒有意義，兇手為什麼要畫十字架？」
「十字架到頭來只是為了欺瞞我們的眼睛。誤導、引開注意力、錯誤指示——實際上，對兇手而言，印記是十字架、骷髏頭還是雙頭鷲都無所謂。換句話說，兇手的目的和宗教上或哲學上的信念沒有關係，而是更直接的東西。」
「也就是說，兇手有畫印記之外的目的，才侵入那些房屋中。」
如果有意義的不是印記本身，而是畫印記的行為——那麼，兇手為什麼要畫印記？塗上紅漆，可以蓋掉或隱藏什麼東西嗎？比方說，擦不掉的指紋或血液……為了掩蓋自己犯下的某次失敗，所以用紅漆抹去痕跡。但是，只塗抹一個地方反而啟人疑竇，所以在鎮上各處的房子都留下同樣的紅漆——不對，這樣更引人注目，與本來的掩蓋目的相去更遠，反而是「此地無銀三百兩」。

榎野已經知道紅印是什麼意義了嗎？

「榎野，你知道兇手的目的了嗎？」

「當然——答案是偷竊。」

「偷竊？」

實際上什麼東西都沒有被偷。而且，偷竊與印記怎麼說也連不起來。

我正欲開口問時，榎野先說了。

「紅印的部分，等真住和汐間的報告吧。還有些事必須再思考。再怎麼說，死了那麼多人，而且還變成無頭屍體。」

沒錯，很多人遭到殺害。我把湖上殺人案，當作無法理解的謎，在腦中經過處理，丟進記憶的角落。但是它畢竟不是簡單就能忘記的事。

「看到屍體了？」

「嗯。」我想起黑江隊長的無頭屍體，直到現在還全身發抖。「隨便棄置在船底，……周圍血流滿地……頭部到處都找不到。」

「他是如何從湖上消失呢？而且為什麼偏偏要割下頭？還有，為什麼要把頭帶走。克里斯，你好好想想看。兇手在某種意義上是無頭屍小偷。如果把殺人當作偷竊的一種，就能跟紅印事件連結起來了吧？」

「完全連不起來啊……無頭屍小偷是怎麼回事？而且在紅印事件中，根本沒有東西被偷走啊……」

「你只是沒有注意到。」

沒有注意？

我到底漏掉了什麼呢？

「克里斯，今晚你有事嗎？」榎野沒頭沒腦地問了一句。

「我一向都沒事。」

「那就好。」

「晚上要做什麼嗎？」

「接下來的行動要在夜裡進行，在這之前，你好好休息一下。」

榎野賣了個關子說。他並不是故意吊我的胃口，不告訴我事實。但要人沿著邏輯的長路慢慢走，而非直搗核心，的確非常有偵探的風格。我雖然焦急，但心裡更是興奮。

果然非得走這條路不行。

「嗯，好吧。吃晚飯的時間，我再回到這裡。」我等榎野把散在桌上的桌巾、衛星空照圖板和皮箱裡都一一恢復原狀後，就往食堂門口走去。

「別又搞亂嘍。」

榎野沉默地點點頭。

我往悠里的房間走去。清晨開始，他的身體狀況就不太好，我有點擔心他。今天他似乎也沒有在旅店裡幫忙。

敲他的門沒有回應。門虛掩著，可以看到房間內部。悠里好像正躺在床上，我靜靜地把門推開，探頭進去看看。悠里似乎並沒有特別嚴重的狀態，我放下心，正想退出去。

「克里斯嗎？」

悠里揉揉眼醒了。稍稍墊高的枕頭旁，開著收音機。從耳機裡洩出的聲音聽起來像下雨。悠里的臉色說不上健康，但還不算壞。

「舒服點了嗎？」

「你擔心我嗎？謝謝。」

悠里摘下耳機，在床上躺好姿勢。

「我一直覺得剛才有人在旁邊守著我……是你嗎？謝謝。」

床邊的小桌上，有個浸著濕毛巾的碗。

「不是我。」

「欸，那是誰……」

應該是朝木先生吧。別看他粗聲粗氣的，對自己的兒子可是非常寶貝。想到朝木先生的立場，我不禁心痛起來。悠里的病可能比我想像得更嚴重。

「對不起，我什麼忙都幫不上。如果有需要的話，我可以幫你跑跑腿，拿藥什麼的。如果是頭痛藥或感冒藥之類的，我背包裡也有……」

「別擔心，沒關係啦。」悠里微笑著說。「倒是收音機對這起事件，完全沒有報導，現在究竟怎麼樣了？」

「這……我也不知道。政府已經在查了，所以也許不准報導吧。」

「是吧……」悠里好像還是無法釋然，又說：「其實，我想過以後加入黑江隊長的自警隊也不錯。」

「真遺憾。」

「可以問你一件事嗎？」

「好。」

「為什麼人要故意殺掉別人？只要耐心等下去，人總會因為生病或壽終正寢而死亡，要不然也會因為洪水或海嘯而更早就死了。」

「我也不懂。」

「連你也不懂嗎？」悠里不知為何神情舒緩下來。「如果克里斯也不懂，那我再想也不會懂。」

焚書真的是正確的選擇嗎？

驅逐刺眼的暴力描寫，的確讓部分人民變成「循規蹈矩的百姓」，沒有聳人聽聞的事件，表面上似乎一切太平。然而，我和悠里明明同樣是人類，卻似乎在哪裡有些不同，這已不只是有沒有共通語言的問題了。

之後有好一會兒，我和悠里談著焚書和「推理」的話題。雖然我喜歡「推理」的故事，但我也喜歡純聊天。我們說著夏天的結束、這一帶的植物和北國的雪。談著談著，時間就在不知不覺中過去。

「先這樣吧。我要回房去了。」

「下次再過來聊。」

悠里揮揮手，再把收音機的耳機戴回位置。

第五章　末日的

在房間裡休息片刻後，大廚薙野打內線通知我，晚餐時間到了。

打開食堂門的剎那，我不禁懷疑自己的眼睛。餐桌上散亂不堪，好像被狂風掃過一般。我擺回去的桌巾，像個筋疲力竭的幽靈般橫躺在地。應該排成一列的燭台，不但沒了蠟燭，還被推到牆角翻倒。桌巾被掀掉的地方，用粉筆畫著文字和圖形，那些文字卻出乎意料地整齊，與整個餐廳的混亂形成矛盾的印象。餐桌上散落著先前看到的終端器材，而先前看到的皮箱也仍然開著大口放在一邊。

榎野坐在一片混亂的房間中央，他的椅子不知為何朝著窗口，榎野兀自凝視著窗外的雨。

「榎野。」

「哦，克里斯。」榎野聽到我的聲音回頭，「還沒到預定的時間。」

「不是，已經到晚餐的時間了。」

「是嗎？」

「怎麼弄得這麼亂？……」

我問道，但榎野沒作聲。

「朝木老闆和薙野叔看到會生氣的。」

「無所謂。」

「怎麼……真是說不聽呀。」

我開始整理榎野丟在桌上的東西。我喜歡收拾，那種把混沌化解開來的感覺，與「推理」的樂趣有些相似。把一切整齊排出來、一一說明，細細收好，完整收尾……

「榎野，來幫我。」

「……好吧。」

榎野乖巧地也開始整理身邊的東西，相當地順從。

此時，薙野端著盤子走進食堂。

「這是在搞什麼鬼啊！」薙野一見到食堂就大嚷起來。

「哦，呃，沒事。」我慌張地說。「我馬上整理。」

「你們想把我的食堂拆了嗎！」

「那個……是這樣的。」

「沒整理好別想吃飯！」

「是！」

我趕緊繼續整理。

「對客人太沒禮貌了吧。這算是本鎮的習慣嗎？」榎野說。還好薙野似乎沒有聽見。我叫榎野閉嘴，好不容易才勉強收拾好。

沒多久，桌上擺出四人份的料理，應該是檢閱局三人和我的份吧。但大盤裝的野菜通心麵堆成了一座小山，令人懷疑是不是把人數搞錯了。

時間正好是晚間六點。

我拿著盤子，特意坐到離榎野較遠的位置。因為若是我坐在他身邊，讓檢閱官們看到我找他說話，也許不太好。榎野似乎一點也沒在意，默默地吃著通心麵。

隔了一會兒，出外搜查的兩名檢閱官都回來了。

「無頭屍體真不錯。」

墨鏡檢閱官咧著嘴笑著走進食堂，雙腳彷彿跳著舞步般走到榎野身邊。那個高齡檢閱官緊抿著嘴緊跟在後，他們的黑西裝陰沉至極，頗有令觀者心情消沉的效果。他們手上拿著小型液晶終端機器，好像用它來保存搜查情報。回想起來，榎野的皮箱裡也有個同樣的機器。

「一轉過街角，我就聽到搖滾樂了。不過，只在我腦袋裡罷了。」

「閉嘴，汐間。不要老是只會說廢話。」白髮男不耐煩地斥聲道。「你這小夥子，分不清場合嗎？面前坐的是榎野大人啊。」

「對不起嘛。嘿嘿。」

他毫無顧忌地把餐桌椅子拉開，坐在榎野面前。總之，這個墨鏡男叫作汐間，另一位白髮男應該是叫真住。兩人對榎野的態度冷熱有別，對榎野的禮節也有差距。

「榎野大人，我們回來了。」

真住深深低頭鞠躬說。

「這什麼玩意兒？」汐間把墨鏡輕推到頭頂上，看著眼前的通心麵。「這東西看起來真難吃……榎野大人，我勸你最好別吃。上面也有規定，叫我們別吃沒經過檢查的食物。」

「要驗毒的話，我先做了。」榎野嘴裡啣著叉子說。

「這不是榎野大人該做的事。」白髮男規勸道。

「算了，就算不好吃，也不像有毒。吃吧。」

「沒那麼多時間，現在是報告的時間。」

「一邊吃一邊報告不是挺好？真住兄。」

「哼……」

「不吃嗎？」

「我們不在榎野大人面前吃。」

真住推開眼前的盤子。

「那，要開始報告了嗎？」

汐間單手操作終端機說道。

「移到房間去說明比較好吧？」

「不用，」榎野說，「就開始吧。」

「了解。」汐間把手邊終端機的耳機塞進耳朵，「哦，對了，有件事我有點介意。那個小小外國人是誰？」

他伸伸下巴，指向我。
我愣在現場，假裝什麼也沒聽見，繼續吃我的通心麵。
「他是住在這裡的旅客。」
真住說：「要不要請他出去？」
「太浪費時間了。」榎野不假思索地說。
「但是會不會造成職務上的阻礙……」
真住提出異議，但汐間表現出贊同的態度。
「算了，他看起來好像聽不懂日語。而且根據檢閱局的調查，這次的事件並沒有外國人參與。」
「鎮民們傳說的金髮少年，就是指他嗎？」真住恍然大悟道。
「他是幾天前才來到鎮上的外人，應該跟幾年前就開始的事件不相關。不管怎麼說，我們可不能出現『情報外洩』這種字眼。對吧？」
看來我安全過關了，我在心裡吐了一口氣，然後勉力做出聽不懂、沒表情的樣子。
「反正阻礙調查的東西，只要剷除就行了。」
最後汐間補上的這句話，令我心中抖了一下。
檢閱官果然不是好惹的……
「榎野大人，真的可以在這裡進行嗎？」
「當然。」

「那麼，首先，我們先說明殺人案的部分。」汐間說著露出訕笑。「檢閱局掌握的殺人案只有七件，實際上數量要大得多。已確定的只是寥寥可數。所有死者都是斷頭的狀態被發現，分為只發現軀體的案例和只發現頭顱的案例。死因皆不明。七件中有五件的被害者為男性，兩件是女性，年齡老少都有，沒有共通點。」

「有共通點，他們都是大人。」榎野插入說。「未成年人不會成為被害者。」

「唔……您說得沒錯，真是一針見血。說起來，全體都被斷頭這一點，也可以算是特徵吧。哦，還有，據說他們都是鬼魂的目擊者。被殺的幾天前，很多被害者都目擊鬼魂而引起紛擾。關於這個鬼魂的真實面貌，目前還沒掌握。不過，可能是兇手的惡作劇吧。」

「關於鬼魂的部分，我等一下再補充。」真住說道。

「明白。那麼我們繼續。檢閱局方面只確認了一具屍體。大約在四個多月前，有位鎮民向警察報案，檢閱官佯裝成警官前去收回屍體。附帶說明，雖然說是屍體，但回收的只有頭部。原本被發現時就只剩頭顱了。這個可憐的男子，今年二十五歲，在一家窮困的小工廠做小零件。他的頭被銳利的刃器切斷，軀體部分行蹤不明。死因不明。後腦有被敲擊的痕跡，是致命傷的可能性很高。殺人現場不明。發現地點在河邊沙地。據推測是從河川上游流下來的。上游有森林，被害者名字叫……釧枝。」

「跟紅印有沒有關係？」

「沒有。其他已掌握的六件中，只有一件的家屋被漆上紅印。紅印與殺人案之間並沒有明顯的連結。」

「對於釧枝這個男子，還有沒有其他訊息？」

「有個跟釧枝有關的人，遭遇到奇妙的體驗。」汐間操作著終端機。「這個被害的男子釧枝，曾經跟自稱自警隊成員之一，以及工廠的同事說過話……」

汐間開始說明釧枝的背景。

有個女子雙眼受傷，被人在森林邊發現。那個女子與釧枝是青梅竹馬的關係。據說，釧枝把那女子在森林裡體驗的經過，當作一個奇聞說給自警隊員和同事聽。

女子在森林中發現無頭的屍體。那個屍體藏在森林的小屋裡，後來小屋在瞬間消失了，只剩下屍體留著。接著有個全身黑衣打扮的怪人出現，傷了女子的雙眼。女子逃出時，據說走到森林的盡頭，碰到了牆壁。

失去雙眼的女子音訊杳然。如果釧枝所說的話確實的話，她應該已經死在森林裡。而釧枝本人恐怕也在森林裡遇害，只剩頭部流到下游。

我頓時想起悠里說的故事。在森林裡迷路的孩子，醒來後在一個小屋裡與「偵探」交談的故事。失去眼睛的女子最後看到的小屋，與少年遇到「偵探」時的小屋是同一個地方嗎？

女子在森林盡頭觸摸到的牆，究竟是什麼？包圍森林的牆，有這種東西嗎？假設真有這種牆，它是為了什麼而存在呢？腦海中再次浮現因傳染病而隔離的思考。如果整個鎮即是隔離政策下所建立，那麼一切謎團便都說得通了。

「另外，還有一件重要的事，就是自警隊隊長被殺害案。也好啦，拜這件案子所賜，我們的調查行動終於可以公開了。在這整個案子中，這是唯一被目擊到殺人現場的事件。目擊者人數眾多，但幾乎全是自警隊隊員。自警隊全體都有嫌疑。」

會談轉到湖上的事件，我有些緊張。因為我也是殺人案的目擊者之一，搞不好矛頭還會轉向我這裡來。

然而，他們的對談完全沒提到我。說不定自警隊的神目先生，並沒有向他們提起我。

「兇手在湖上消失蹤影，他留下的東西只有船一艘、無頭屍體一具，還有被認為是兇器的斧頭。但是，並沒有任何兇手可能的指紋。換句話說，我們應該可以將他視為『卡捷得』的攜帶者吧。」

在殺人現場的證據方面，幾乎所有人都不了解採指紋這件事。不但知道這點，還能事先防範，表示他至少具備「推理」的知識。這次事件是「卡捷得」擁有者所為的推測，應該沒有錯。

「船上的血痕、斧頭的血痕，都和被害者的血型一致。」

「其他留在現場的物品呢？」

「只有對講機。從周波數的設定，可以確定是自稱自警隊隊長黑江的用品。其他沒有發現特別的物品。也許打撈湖底還會有所發現，但恐怕是不可能。」

「那麼兇手從湖上溜到哪裡去了呢？」真住問道。

「不清楚。」汐間把餐桌一角的衛星照相板拿到手邊，「湖在這個位置。」

汐間手指的地方，有個呈新月形的湖。從衛星照片看，也可很確定凹陷的那一側是山崖，向外凸出那側是湖岸。以俯瞰方式看得更明顯。我們最初目擊到「偵探」的船，正好浮在新月的中央附近。後來，它載著無頭的屍體，漂流到月的上端岸邊停靠。

「岸邊部署了自警隊員，雖然濃霧中能見度極低，但有數名目擊者確實親眼看到湖上的殺人過程。」

「天色那麼黑，也能目擊嗎？」榎野問。

「湖上用燈照射出朦朧的光，可能是用手電筒，或是油燈……」

「有被發現嗎？」

「沒有。」

「那天晚上黑江的行動如何？」真住代替榎野詢問。

「他好像與自警隊隊員分別行動，但有幾次都以對講機和隊員連繫。」

「因此……這裡有個重點，」真住說，「屍體真的是黑江本人嗎？」

「無法斷定，但是對講機是他的。」

「指紋呢？血型？」

「無法驗證。」

「為什麼？」

「首先，黑江的血型本來就不明。而關於指紋方面，雖然可以從黑江的房間取得，但未必是他的指紋。」

「沒有人可以判斷黑江的身體特徵嗎？」

「有一位神目，是自警隊副隊長，他堅稱屍體是黑江的。但問他有什麼根據，他也答不上來。」

「事實已經擺在眼前。」真住嘟囔似的說，「就算跟這次有關的『卡捷得』是『斷頭』——船上的無頭屍體也並不是黑江。」

當然，我並不是沒想到這個可能性。

但是，這事件真的那麼像「推理」嗎？

無頭屍體的掉包——假設真是如此，那我們看到的屍體究竟是誰的？而黑江隊長又到哪裡去了呢？

「把黑江定為兇手，應該沒有錯吧？」真住道。

黑江隊長是兇手？

我差點這麼叫出來，但還是假裝聽不懂。

「湖上的消失也與自警隊關係密切，如果黑江是兇手的話，自警隊的行動也就稀鬆平常了。」

「你是說，自警隊也是共犯？」

「不，並不是全體都有參與。」

「你們的推測部分到此為止。」榎野托著腮，狀似無聊地說。「報告事實的部分就好。」

「對不起，榎野大人。」

「繼續往下說。這對我們而言，是最重要的部分……被害者們的周圍，都沒有發現『卡捷得』的跡象。證據、傳言，當然還有『卡捷得』本身，什麼都沒找到。此外，在被害者們的過往生活史中，書本或『卡捷得』都未有扮演過重要角色的痕跡，也未找到與『推理』的關聯性。」汐間把終端機放下，摘掉耳機，「關鍵的那個『卡捷得』，依然在兇手手上——我的報告完畢。」

「接下來是我的報告。」真住轉向榎野說。

「首先是關於幾次在森林附近被目擊的鬼魂。」

「總不會真的是鬼吧？」

汐間結束自己的報告，口氣悠哉地說。

「但是，目擊者很多。鎮民們很多都相信鬼魂的存在，而且幾乎所有人都相信，鬼就是引發整個事件的始作俑者。被目擊的鬼魂是女性，蒼白。而且目擊到鬼魂的人，據說都會被殺。這部分與殺人兇手的關係，好像比紅印更為密切。發生湖上慘案的那天，也有鎮民目睹到女鬼，還造成了一場騷動。自警隊還利用它嘗試與『偵探』接觸。」

「遭到報復了吧。」汐間吃著通心麵說。

「但是，鬼魂不可能直接殺人，據說它出現在森林邊，引誘人進入……從這一點我們可以推測，鬼和殺人犯是不同的人，它主要負責引誘，我們應該思索共犯假扮鬼魂的可能性。只不過突然在眼前消失的手法，人是不可能做到的。會不會利用了『推理』中的詭計……」

「我看果然是鬼吧。」汐間拍著手樂在其中地說。

「你太吵了吧，可不可以閉嘴一下？」真住責備道。

「請繼續。」

「是，真抱歉。」真住遵從榎野的話，「接下來是紅印部分。據我們所掌握到的，被漆紅印的人家有六十五間。由於這個數字在可調查範圍，或許實際上更多也說不定。被標記之後，照常生活的家庭有四十八家，其中兩家全部重建，其他只簡單清理或改建。由於油漆很難去除，因此，大多的案例都是把門重漆一次。另外也換掉壁紙，加強安全警衛，以防有人再度進入。大致就是這樣，居民們都沒有特別奇怪的舉動。」

「最後也沒有東西被偷吧？」汐間問。

「關於這點，我很仔細地問過了。」真住此時才第一次操作手上的終端機。「那些受害者都強調，絕對沒有遭竊。偵問是我的拿手項目，我想他們應該不會騙我。還有人對天發誓，並沒有推託、忸怩的情狀。」

「據我這邊詢問的結果，不能確定有東西被竊。」汐間把墨鏡推到頭上說。

沒有遭竊……

但榎野明明說，有東西被偷了呀。

「兇手的目的到底是什麼？」

「也許是我們完全不感興趣的東西。」真住面有難色道。

「欸，有道理。像是家裡人會疏忽的小髮夾啦、零錢啦、雨水槽的釦鎖等等，兇手說不定就是竊取蒐集這些東西的變態混蛋。不過這種兇手還真是耐人尋味啊，而且他居然能在沒人目擊下一再侵入家宅。不對，目擊者可能全都被——」

一時間三人都陷入沉默。

真住開口了，彷彿不想被雨聲淹沒。

「其次，被漆上紅印的家宅有個共同點——就像我們事前確認那樣，幾乎都是建於七〇年代到八〇年代、有點年份的老宅。有印記的屋子中百分之九十以上是平房，被漆上印記的房間，在各家都只有一間。牆壁幾乎都是白色，因此，紅漆顯得特別醒目。有印記家宅的家庭成員沒有明顯的特徵，嫌犯也沒有專找容易下手的房子——像是把目標集中在老人獨居屋——的傾向。」

地圖上，紅點密集的地方，也許純粹是按地區劃分出住宅區開發的年代。這一點相當重要，有紅印的屋子只限於老屋。

「其次是關於我們親愛的嫌犯——『偵探』。」真住刻意加了一句開場白，「鎮民認為『偵探』自古就存在於這個鎮裡，但實際上似乎並非如此。『偵探』這個怪客存在的謠言，幾乎與紅印同一時期出現。用黑色的披風隱藏全身，臉上還掛著黑色的面具。最初大家都把它當作都市傳說，才逐漸傳開的。」

「留下紅印的黑色怪客……的確很像都市傳說。」

「傳說漸漸升級，不久『偵探』成了這個鎮不可缺少的存在。相信『偵探』是妖物之一的愚民不在少數。但是，沒有人知道『偵探』留下紅印的目的，和『偵探』是一種什麼樣的存在。『偵探』逐漸成為這個鎮的統治性偶像，但『偵探』本身並沒有利用這個優勢。鎮上的人也沒有特別崇拜的傾向，只是在教育孩子的時候利用他的名字而已。」

「但是，他與我們所知的『偵探』大不相同。」

「反正是個冒牌貨。根本沒有什麼『卡捷得』叫作『偵探』，若是『名偵探』倒還聽說過。」

「管他的，總之這個鎮的『偵探』，就是個連續殺人狂的瘋子。」

「最近自警隊相當注意『偵探』的動向。尤其是隊長黑江，為了追捕『偵探』使出了不少手段。湖上的殺人案，本來也是黑江為了追蹤『偵探』才發生的。但是，這裡不得不萌生出小小的疑問。黑江真的在追捕『偵探』嗎？追捕『偵探』是這個鎮上沒人想得到的行為，因為鎮民或多或少都受到『偵探』的恐怖影響。」

真住避開了接下來的話，但可以猜測他想說什麼。

黑江隊長如果是「偵探」的話，他在森林裡追緝、「偵探」在湖上的消失都變成黑江隊長自導自演了，連船上的屍體都有可能找了別人當替身。這的確是吻合「斷頭」的詭計。而且，對「推理」和殺人案一無所知的鎮民而言，替身屍體這種事，他們肯定想破頭也不明白。

難道「偵探」的真實身分就是黑江隊長嗎？

「最後——」真住把終端機放好。「我按榎野大人的指示，前往調查小鎮的廢棄物處理系統。基本上，位於河邊的廢棄物處理場會在每週三出車回收可燃垃圾，每月第二個週四回收不可燃垃圾，然後運到特定的收集場。廢棄物處理場規模小，但也兼做火力發電。我向職員詢問的結果，他們過去從來沒有回收過書本或『卡捷得』。」

榎野聽完報告點點頭。

「報告完畢。」真住完成報告，吐了一口氣。

「這次的『卡捷得』真的只有『斷頭』而已嗎？會不會也偷藏著『消失』或『偷竊』呢？」

「不管還有沒有其他『卡捷得』，既然這個人了解『推理』，就有可能從事開創性的犯罪。」

「話說得沒錯。反正他殺了這麼多人，應該相當熟練了吧。恐怕他也是我負責的這麼多案子裡，殺人最多的一個。」

「在殺人的過程中，他一定又了解更多殘酷的事吧。」

真住露出長者的態度靜靜說道。

「不過，誰殺了幾個人，或是被殺都無所謂，我們反正只是要找出『卡捷得』把它刪除掉而已。」

墨鏡搜查官把吃完的盤子往前一推，從西裝內側取出手帕抹抹嘴。

「榎野大人，接下來該怎麼做？」

「稍微休息一下。」

「您也累了吧。請好好休息，為明天做好準備。」

「嗯，那今天的工作算結束了吧。」汐間問，「我們回房間休息去吧。」

「容我再問一句，明天會逮捕兇手嗎？」真住問道。

榎野靜靜地搖搖頭。

「希望如此，」真住站起身說，「榎野大人的人身安全，是我們的第一要務。」

檢閱官們解散，榎野在兩人的簇擁下走出食堂。我還是不能開口叫他，依然小口小口地吃著通心麵。墨鏡男走過我身邊時，訕笑地說：「哈囉！very cute（非常可愛）。」我感覺被戲弄，決定絕對不看他一眼，但不知他墨鏡底下的視線是什麼樣……

我吃完了通心麵，把檢閱官們放置的盤子收拾好，一起拿到廚房去。薙野叔嘴裡啣著捲菸正在休息。見我進去，立刻熄了火開始洗碗。

「那些傢伙說些什麼呢？」薙野叔問。

「說了『偵探』的事，和黑江隊長的案子……」

「這樣。」

「薙野叔，你對『偵探』這件事怎麼看？」

「其實啊，我本來是個外地人，在遠地的飯店當廚師。不過，現在這種時代，飯店倒的倒收的收，到處流浪了一段時間，最後來到這小鎮。坦白說，這鎮上的人古怪得很。剛開始我很討厭，幾乎想馬上離開。我不想捲進是非，所以遇到什麼怪現象，也就充耳不聞。不過，不知不覺間我習慣了這裡，朝木老闆對我也很好，漸漸我也成了這個鎮的人了。哈哈……不過，相對的，我覺得好像失去了什麼重要的東西。你懂嗎？」

「嗯……」

「我做的菜怎麼樣？」

「很好吃。」

「當然啦。」薙野叔滿足地笑道。「明天的早餐，我會做得更豪華。你可要滿懷感謝地吃哦。」

「不、不，普通份量就行了。」

我慌忙說道。普通份量就夠多的了。

回到食堂，剛才出去的榎野又回來了。

「榎野，什麼事嗎？」

「我有話跟你說。」

「跟我？」

「嗯。」

榎野在餐桌上打開皮箱，把裡面的物品東翻西挪，取出衛星照片板來。

「你進去過森林？」

我點頭，榎野指著照片上的一點，那是在森林的正中央。看上去好像什麼都沒有，但仔細瞧了一會兒，便看到灰色的小建築物。不管從什麼角度想，那都不像普通的民宅，周圍完全被森林包圍。

「有看到這種建築嗎？」

「沒有。難道它會是……『偵探』的住所？」

「很難說。」榎野輕描淡寫地回答。「附近甚至還有個小農園。」

榎野手指的地方，森林開闊起來，是一片整然有序的綠。它與胡亂叢生的森林不相同，是人工化的綠地。

「這會是什麼？」

「去調查看看吧。」
「調查？」
「到森林去。」
「明天跟檢閱官們一起去嗎？真辛苦……多小心哦。」
「不是，跟你一起去。」
「──我？」
「是的。」
「為什麼找我？」
「我說過了呀。這件案子我要跟你一起解決。」
「這麼做好嗎……我是說……檢閱官們會生氣吧。剛才我也聽見你們的談話……不會被懷疑嗎？」
「誰知道。不過那兩人也算是優秀的檢閱官，他們說不定早就看穿你了。」榎野不以為意地說。
「別、別嚇我了。」
「不用放在心上。」
「總覺得好恐怖哦，那些人。」
「我不明瞭你這種情緒。」
「只要到森林裡確認照片上的建築就行了？馬上就回來吧？」

「只要半路上不遇到鬼的話。」

「鬼！」

「誰叫它是鬧鬼的森林嘛。」

我想提出抗議，可是榎野打開皮箱，從裡面拿出一隻黑色棒狀的物體，塞進我手裡。那玩意兒沉甸甸的，觸感冰冷。是手電筒，而且還是強力聚光燈。

「等大家都睡著後再行動。」

「真的要去？」

「當然。而且由你來下命令。」

「……我？」

榎野用期待的目光看著我。

「好，好，那凌晨十二點整在這裡集合。我們一起進森林調查。」我吞吞吐吐說。「這樣行吧？」

榎野點頭，把皮箱和枴杖拿在手裡，走出食堂。我還一直愣愣地望著手中的手電筒良久。

直到約定的時間前，我躺在床上想睡一下，但眼睛清亮，別說是睡了，腦袋還越來越清醒。這麼一來，牆壁和天花板的軋吱聲也比平常更清晰，彷彿還聽到窗外傳來遠方森林的低吟聲。我鼓起勇氣下了床。旅店裡的人和檢閱官都已就寢。我為防萬一，把各樣行李都塞進背包裡揹在背上，儘可能悄聲走出房間。

打開手電筒走進漆黑的走廊，射出青白色的光。確定沒有人影後，我快步走到食堂。

榎野還是穿著跟白天一樣的服裝，在幽暗的房間裡，手持枴杖站著。

「榎野。」

「真快。」

榎野有點意外說道，然後在陰影中凝目看看手錶。他連手電筒都沒拿。

「我有點等不下去了——」

「提早出發吧。」

榎野沒有回應我的話，率先往前走去。

「等等我，不用那麼急吧。」

我跟在榎野後面走出大廳，我們快步來到玄關門前。

只憑榎野和我兩個人，真的能搜索森林嗎？鬼雖然可怕，但若是迷路受傷更可怕。而且，斷頭殺人魔「偵探」也潛伏在森林中，這次，我們也有可能走上黑江隊長的險境。

正走出門外，榎野猛地回頭。

「出門前，我必須先告訴你一件事。」

「什麼？」

「我啊。」

「唔。」

「我無法一個人外出。」

「什麼意思？」

「我不能走到開放的空間。」

「為什麼？」

「……我想一個人外出時，身體就不能動。」

我以為是開玩笑，但看到榎野表情嚴肅，立刻知道這並不是玩笑話。

他得的不是幽閉恐懼症，而是開放空間恐懼症嗎？但是，既然沒有心，卻有恐懼感，這種狀況著實奇妙，也許他過去遇過什麼討厭的事。

「那麼，要怎麼做？」

「雖然我一個人沒辦法外出，但只要附近有人就沒問題。所以，克里斯，我想請你一直待在我碰觸得到的範圍。」

「這倒沒問題……」

他深夜找我去探險，也許是因為這個原因。榎野好像並不完全信賴那兩個黑衣檢閱官，又希望有人陪他外出，所以才會找我吧。不管怎麼樣，他需要我這點是不變的。不管是什麼形式的需要，我都感到歡喜。

「好的，了解。」

我們一起出門。屋外降著無聲的小雨，雨珠輕軟得既沒有溫度也沒有重量。在夜的陰影中，它連形影都不見，只是靜靜地沾濕了紅磚道。受到手電筒照射瞬間成形的光雨，卻細得令人懷疑是否是一絲絲的線。由於幾乎感覺不到雨絲，我們決定頂著雨走。

「如果，我現在說我要回去，你會怎麼辦？」

我向身旁的榎野問道。他似乎緊張了一下，步伐有點僵硬，但還是筆直向前地開了口。

「如果你那麼說，就依你的話。我是個順從的人。你不想去嗎？」

「沒有。對不起——我們還是去吧。」

榎野雖然不在意別人的存在，但卻是服從的。他並不會反對黑衣檢閱官們的意見，對我這個百分百的陌生人的問題，也都照實回答。而且，在戶外行走時，還必須仰賴別人。他是不是個優秀的檢閱官還在其次，我倒是對他的偵探能力有點不安——本來應該是扮「偵探」的人牽著我走才對呀……

夜晚的城鎮宛如海底都市般沉靜，我們背著靠不住的街燈光線，往黑暗、幽深處前進。榎野依舊走在我身旁，以安步當車的動作跨著步伐。我們之間若是稍微拉開距離，榎野就會小跑步急忙走近我。

循著步道反方向行，周邊變得越來越暗，不久便看到森林的輪廓。這時節離紅葉還早，森林在雨水浸濕下變得更黑。身體感受不到的微風，不祥地擾動腳邊的野草，不時阻擋我們的腳步。不過，正確地說是榎野看到我站住，也跟著止步。

「世界上真的有鬼嗎？」

我問榎野，他神情冷淡，斜眼睨著我。

「有。至少鎮上稱之為鬼的東西，是存在的。」
「真、真有的話，那可傷腦筋了。」
「傷腦筋？」榎野歪著頭。「——不管怎麼樣，鬼魂的存在，已成功地在森林與市鎮的分界點上擾亂了鎮民。鬼既是守衛也是引路人，既用恐怖阻止人們進入森林，又以神秘引誘人進去。總之，我們在這裡淋雨也沒用，還是往前走吧。」
榎野指著森林的方面，當然，我沒走之前，他也站著不動。我小心翼翼、膽顫心驚地跨出步伐。小雨濡濕的頭髮覆在額頭上，希望這個行動能在雨大之前結束——
我們終於進入森林裡。從這裡開始，就是街燈照耀不到的陸地深海。樹林抖動的枝葉不再在遠處，而是在我們的頭頂上，俯瞰著我們。風和空氣都變了，但另一方面，可以不用擔心雨，除了迴盪的雨聲外。
「榎野，到了森林中不怕嗎？」
「身邊有樹在安心多了。雖然並不完全。」榎野說，「而且，我沒帶照明，所以不能離開克里斯身邊。」
我們緩步踏在濕漉漉的地面，往森林深處走去。
我把光照向四面八方，略帶恐怖氣息的樹洞四處可見，像是瞪視我們的眼睛。當然，沒見到鬼魂的蹤影。
「沒見到鬼吧？」
「現在不在吧。」

「好像看不見回頭路了耶。」

我憂心地回頭看，森林的入口已經隱沒在黑暗中。

「又不是走在黑雲裡。」榎野從內側口袋拿出小型終端機，「這是衛星定位的裝置。」

「好厲害哦……居然有這種東西。檢閱官果然有許多貴重的機器。」

「這不算什麼。」

我們並肩走在森林中，沒有上次的濃霧，但仍是一片漆黑，似乎快要沉溺在濃厚的陰影中了。如果不是和榎野同行，我可能會因為太黑而失去鎮定。

榎野的步履有些蹣跚，果然他不太能在屋外活動，即使是森林裡也一樣。他拄著枴杖，如果姿態正常的話，說不定看起來十分紳士。然而，那略帶警戒的態度，不太像紳士倒像個膽怯的小孩。因為榎野並不是把枴杖拄著走，而是把它緊抱在腋下。

「『偵探』……真的是黑江隊長嗎？」我問。

「你認為呢？黑江生前、死後你都見過，不是嗎？」

「我不知道。」想起那具無頭屍就倒胃。「沒有頭，屍體看起來就像別人……」

「假設屍體不是黑江，『偵探』從湖上消失也是個事實吧？對於這一點，你怎麼說？」

「唔──自警隊裡真的有黑江隊長的同夥嗎……」

「黑江有必要死嗎？」

「什麼意思？」

「黑江如果是兇手，他就等於把自己從世界上除掉了。準備了一具別人的屍體，打扮成自己，然後在湖上做了一場表演。他有必要做到那種地步，讓人看見自己的死亡場面嗎？」

「也許是你們的調查已經逼在眼前吧。所以他成為嫌疑犯之前，先當上被害者。」

「嗯，以動機來說，的確別無其他，毋寧說，這個動機與無頭屍體再適合不過。如果是指『斷頭』的『卡捷得』持有人殺人的話。」

「那麼黑江隊長果然……」

「真住和汐間是這麼想的。但我可不會被騙。那就是為瞞騙檢閱官所設計的詭計。」

「嗄？……」

「因為持有『斷頭』的『卡捷得』，所以把屍體掉包。這種推測全是兇手的誤導。實際上兇手另有他人。而且兇手殺了黑江，把頭顱拿走，這是引導我們誤以為兇手是黑江的手法。看來這位『偵探』相當善於在我們之前，引導搜查人員走向錯誤方向。用在紅印上的十字架是這個道理，船上的無頭屍體也是。」

「那麼，『偵探』與黑江是不同的人？」

「嗯。」

我們在森林中前往，榎野時而停下腳步，用衛星定位器確定位置。

「榎野，……你為什麼當檢閱官？」

「我不是想當才當的，等我意識過來時就已經是檢閱官了。」

「是這麼回事啊。」

「我們這種檢閱官哪，」榎野抬起頭瞧著我。「從很小的時候，就被培養成『卡捷得』

專門檢閱官，我們的腦袋裡幾乎都是『推理』的相關資訊。」
「原來是這樣……」
「克里斯，你呢？」
「什麼？」
「為什麼來到日本？」
「嗯……」看來還是瞞不過檢閱官，不過……「我在英國的家園沉沒了……無處可去，所以決定踏上旅程。日本是我父母很有淵緣的地方，所以……」
「你對『推理』的認知，是在英國學會的？」
「我爸爸……常常跟我說。」
「你對『推理』有什麼期待？」
「期待？……」
期待嗎？原來如此，或許我對「推理」抱著什麼期待，但是究竟期待什麼？「推理」純粹是殺人的故事，是這個世界該排除的故事。暴力、犯罪、流血、殺人……為什麼我對「推理」抱著近似憧憬的感情呢？為什麼我要追求「推理」呢？而且是早已失落的「推理」……
「我見過形形色色跟『推理』有關聯的人，」榎野背對我走出去，「他們都沒有什麼好下場。如果生活在跟『推理』無關的世界，人們就不用死得那麼悽慘了。了解知道那個世界，你也會被那個世界知道。」
「我知道。」

「不要太深入了。」

「……這話說得有點遲了。」

「有道理。」榎野停住腳回頭，「走吧。」

接下來的三十分鐘，我們一直在森林中走著。樹根交纏在地上，路況非常糟糕，我們就在好幾次差點被絆倒中，追尋某個無形的東西。

突然間視野一開，我們停住了步伐。

那裡的樹林被砍伐開墾，形成了廣場般的空地。這個靜寂的廣場宛如隱藏在森林深處的聖域，悄然地迎接我們。這應該就是衛星照片上看到貌似農園的地方。雨稍微下大了，我嚥了口氣，舉足踏進聖域。從黑夜中，又或是從天上，從我心裡，似乎有聲音在說：別進去。但是，我無法停下腳步。榎野跟在我後面，因為這是個開放場地，他沒辦法一個人行動。

那兒有塊區畫成四方形的農地，種植著我沒見過的小樹。我用手電筒照著，觀察那些小樹。

「種的好像不是蔬菜。」我說，「該不會是，大麻？」

「不是。」榎野在我身邊蹲下，搓搓地面的葉子，「大麻不會長成這種樹。」

「看上去只是普通的樹……」

「對，普通的樹。一般在山上到處可見的樹。這叫作小溝樹，那是結香。」

看來也不是在製造毒品或毒藥的原料。但是，為什麼在這種地方栽培呢？難道打算把樹果當作糧食嗎？

「克里斯。」榎野叫我，指著廣場最裡側。

那裡有棟鐵皮屋頂的小屋。叫它小屋說不定還嫌太大，但叫它房子，外觀又太粗陋。它有個狀似煙囪的突起，讓我來形容的話，頗像個工廠。漸漸增強的雨勢，在鐵皮屋頂發出吧噠吧噠的聲響。

「那是……」

「跟照片上的房子相同。」

「消失的小屋，就是指它嗎？」

「不對，那是另外一棟。」榎野踏出一步，「去看看吧。」

我們的冒險就快要進入佳境。榎野一聲不吭的樣子、轟然的雨聲，以及聽到我胸中激烈的鼓動，都讓我全身上下有這種預感。榎野從走進本鎮開始，就是為了尋找這個陰森之處吧，而我們現在終於找到了。我和榎野一起走近那棟鐵皮小屋。

入口處沒有門，只立了一片三合板。我把燈往它照去，並沒有特異之處。最後我們兩人站在入口前，合力搬起那片三合板，橫倒在旁。

剎那間，一股怪異的惡臭籠罩著我們，那種明顯不尋常的臭味，令人本能地想走避——我再也受不了，如果沒有榎野在旁，我一定立刻轉身逃走。但是，我不能離開榎野一步。

我舉起顫抖的手，將燈光射入小屋中。

啊……

我的腦細胞一起發出抗拒令。

那是不可目睹的東西！

從牆連到另一面牆的鐵杆上，隨意吊掛著許多……宛如洗好衣物般的膚色東西……

另外有兩個巨大的鐵桶，裡面堆著暗紅色條狀物體……

暴露出來的白色東西是……

這裡不是什麼聖域，而是地獄啊！

榎野一個人進入屋內。

「榎野，」我立刻追過去。「這是……」

「無數的被害者。」

他的語調一如往常般冷漠平淡。

「這太詭異了！」

人體被拆成了碎片，

放進鍋裡，

剝去了皮，

曬在鐵杆上……

簡言之，這是個殺人工廠。到處放著從沒見過的木製水槽、類似織布機的工具，角落有塊扭成一團的破布，可能是用來擦拭血水，已經染成暗紅色。中央有張大桌子，好像在宣告遺體是在這裡被肢解一般，表面已變得深黑。放進鐵桶裡還沒煮的切碎遺體，泡在什麼液體中，看起來就像在烹煮世上最污穢的食物一般。還有掛在鐵棒上的人皮，從形狀可知，那的確是人體的一部分。這些、這些才是「推理」中殺人魔的勾當。我太天真了，真正的犯罪是這種樣子。啊——我真的無法理解。

雨下得時大時小，像波浪般打在屋頂。屋頂滴落的雨滴在水窪猛烈彈跳著。我站在門口，無視飛沫濺濕了腳，呆望著這副難以置信的慘狀。兇手利用了末日預言的動機，而這種光景才是世界末日。自己成就了預言——這句話在我腦中迴盪。

到頭來，「偵探」只不過是個狂人吧？一個與邏輯、推理都無關的純粹殺人魔，不是嗎？

「榎野，我們……我們回去吧。」我說。

榎野已進入屋內相當裡面的地方，正欲打開牆邊放置的置物櫃。

榎野聽到我的聲音後回頭，他不能拂逆別人說的話，於是點頭，順從地回到我身邊。

就在此時，儘管無風，置物櫃的門卻靜靜地，自動開了。

中間有個偌大的黑影子在蠢動。

那動作彷彿影子本身是個有意識的生命。

不久，影子有了輪廓，即刻成了實體呈現出來。

漆黑的裝扮和黑色的面具。

「偵探」——

「偵探」躲在裡面。

榎野背對著牆，沒有發現。

「榎野！」

我大叫的同時，黑影揮起粗壯的手臂，他的手上握著一支大斧，不偏不倚地正欲把榎野的頭劈成兩半。

劈下的瞬間不到一秒鐘。

只有一秒。

一秒即死。

我太過驚駭，手上的手電筒不覺滑到地上。

榎野被殺了。

就在一剎那間，幾乎是目測也無法捕抓的轉瞬間，榎野在光線中轉身，用力掄起枴杖。

下一秒鐘，黑影發出巨大的聲響翻倒在地。

我趕緊拾起手電筒，把光照在四腳朝天的黑影上。

光芒中映出黑色的面具。

空洞的兩個眼窩裡……有著血絲滿佈的眼珠。

那對眼睛帶著騰騰殺氣，看向榎野。「偵探」手持著斧頭再次站起。他並沒有失去鬥志，反而更加旺盛起來。現在那魔鬼般的眼神凝視著榎野，「偵探」巨大的身軀，因為急促的呼吸而全身震動。

相對的，榎野卻有如一絲波紋也無的清泉，沉著不驚地擺好架式應戰。榎野輕輕揮舞枴杖，緩緩將瘦小的身子往後退一步，然後單手敏捷地從胸前口袋裡取出銀邊眼鏡。這是我第一次看他戴眼鏡的模樣。

拿著斧頭的「偵探」與榎野的距離只有幾公尺。

「克里斯，把光保持在對方身上。」榎野說。

光——就是我手中的手電筒。

此時，「偵探」揮動斧頭向榎野撲來。我用發顫的手操作光源，追逐「偵探」狂野的動作。

榎野舉起手杖，直接架住對方的斧頭。眨眼間，枴杖做了個神奇的動作，纏住了斧頭，使它從「偵探」手中脫飛而去。斧頭在空中飛過，撞到牆壁落下來，插在地上。

失去斧頭的「偵探」呆在原地，而榎野再往前一步，用最簡單的動作，舉起枴杖架住「偵探」的腳往後一甩，「偵探」再次跌倒在地。「偵探」的身體猛烈地撞到地上，榎野再走前一步，用枴杖尖架住「偵探」的手，扭一圈轉到背後固定。關節被折彎的「偵探」發出呻吟，當場趴伏在地。

「你以為你殺得了我嗎？」榎野氣息不紊說，「我腦中刻入三千種犯人的行動模式，你也不例外。」

「榎野！你沒事嗎？」

「我沒問題，倒是去把那裡的繩索拿來給我。」

榎野指著桌上，切碎的肉片交錯著一條繩子。我儘可能轉開臉拿起繩子，然後將它交給榎野。

正要遞到榎野手上時，我的腳被牢牢抓住了。

低頭一瞧，「偵探」的手攫住了我的腳。
「哇！」
他朝我的腳一施力，我便整個人翻倒在地。
「克里斯！」
榎野一退縮，「偵探」便如發狂的狼般嚎叫站起。榎野彷彿被那聲音衝開，也跟著跌倒。
「快逃啊，克里斯！」
榎野的聲音牽引著我站起，「偵探」交互看著我們倆，然後把目標從榎野轉向我。我使足了勁把兩條發抖的腿往後移，然後跑出去，但腳步聲立刻跟上。不論是體格還是腿長，我都輸他一截。
我跑到屋外，雨水打在我的臉上。耳鳴聲混著雨聲，成為最刺耳的音樂，況且還又加上我蹣跚的腳步聲和「偵探」狂想式的追趕聲。
他就快追上我了。
念頭才一起，我感到背後被推了一把。
我結結實實地撞到地上，倒在草叢裡，立刻全身濕透。
好不容易撐起身子，回頭一看，「偵探」正站在我背後。
沒有表情。
只有深不見底的黑暗……
「偵探」有動作了。

我要被殺了。
我閉上眼向神禱告。
但是，死亡並沒有到來。我聽見「偵探」從身旁掠過的聲音。睜開眼，尋找聲音的方向，只見一個黑影消失在森林。
「克里斯，克里斯。」
榎野站在小屋門口叫我。從門口到我倒地之處，只有幾步的距離。我以為自己逃得很遠了，沒想到才走了這點距離。
榎野無法從門口出來。我站起來，拍拍濕透的衣服，走回榎野身邊。
「沒受傷嗎？」
「沒有……」
連我自己都不相信竟然得救了。
「兇手不殺小孩，但檢閱官似乎是例外。」
「但是……聽說壞孩子會被割下頭……」
「你沒被割頭，表示你不是壞孩子吧。」
「沒這個道理啊……」
就算他一開始就砍下我的頭也不奇怪。我沒有幫助過任何人，還把榎野置於險境。
「榎野你呢？沒事嗎？」
「沒問題。」

榎野把眼鏡摘下來放回胸前口袋。

「榎野，你剛才好厲害。那是福爾摩斯派的劍術嗎？」

「是嗎？」榎野歪著頭，「我只是配合對方的動作反應而已。」

「不過，果然正牌偵探都擅長擒拿術。」

「我是檢閱官，不是偵探。」

榎野訝異地看著我，不了解我為什麼這麼興奮。

對了，這可不是興奮的時候。

「讓『偵探』逃掉了呢。」

「怎麼也沒想到他會在這裡。」

榎野沉吟說著，同時小心地將右手舉起來。他的手背上劃了一道痕正在流血，鮮紅的傷口不斷有血滴落下來。

「你受傷了！」

「第一次揮過來時砍到的。」

「哎呀，怎麼辦？很痛吧？喂，你沒事嗎？把手舉高一點不要動。」我放下背包，從裡面取出紗布和繃帶。「我馬上幫你處理傷口。我還有鎮痛藥哦，會痛嗎？」

「並沒有嚴重到那個地步。」

「可是一直流血。」

我扶起榎野細瘦的手，拉出紗布暫時壓在傷口處，直到血止住後再用繃帶捲好。

「別動，快好了。」
「事出意外，應該先確認過才對，又被他先算計到了。」
「啊？」
我不太懂榎野的話，不過反正先專心處理傷口要緊。
榎野轉動手腕，好像在檢查繃帶的包紮狀況。
「我越來越搞不懂了。這麼殘酷的事……」我低聲說，「這間可怕的小屋，到底在做什麼？」
「這是『偵探』的希望花園，但我看到的卻只是『絕望花園』。」
榎野從置物櫃裡取出一個手提保險箱，雖然吊著一個數字鎖，但似乎打不開。
「這是什麼？」
「『偵探』的寶物。」
榎野說完，再從胸前口袋拿出眼鏡戴上。
「四碼的數字鎖……你知道號碼嗎？」
「不用號碼。」
榎野站起來，拿起了枴杖。他把手提保險箱放在地上，揮揮手叫我站遠一點。我走到榎野背後。
榎野開始轉動枴杖柄。接著杖柄鬆開，枴杖分成兩支。留在榎野右手上的杖柄，呈手槍的形狀。

「哇，枴杖有機關。」

「克里斯，離遠一點比較好。」

榎野手持杖柄，靠近保險箱。

「是槍嗎？」

「在日本，手槍跟書本一樣，是禁止攜帶物。克里斯，連檢閱官也不得擁有。」

「那，這是？……」

「燒焊器。」

分離的杖柄末端噴出藍白的火焰，看起來像一把沒有實體的小刀。當火焰刀對準數字鎖的金屬部分，便放射出激烈的火花。我不禁躲到榎野身後。

「啊，那副眼鏡。」

「是保護眼睛用的，鏡片沒有做特殊處理。」

不一會兒，數字鎖被燒斷，喀嚓一聲旋扭部分便掉在地面。

榎野打開保險庫。

裡面塞滿了細細的木屑，一看即知它是內在物品的保護層。把它撥開往裡面尋找，榎野從中拿出了一把裝飾十分美麗的小刀。刀刃有十二公分長，相當厚實而且沒有研磨。從表面的鐫刻看來，原本應該不具有刀子的性能。

「這是？……」

「『卡捷得』。」

「嗄！就是它？」

「刀柄不是鑲了一顆紅色的寶石嗎？這就是『卡捷得』的主體。但不能把『卡捷得』從這裡挖下來。附在小工具上的『卡捷得』，一旦挖出來，就會立刻失去透明度，內在也無法讀取了。」

榎野端詳著寶石。

「沒錯，就是『斷頭』。」

第六章　真相

我們回到旅店，一同進到我房間。我從浴室拿出毛巾遞給榎野，兩人都被雨淋得渾身濕透。我並不在意偶爾淋點雨，但榎野不敢單獨外出，肯定沒有淋濕的經驗吧。他把滴水的外套隨便丟在地上，只剩下白襯衫，才用毛巾包住頭髮擦拭。接著又坐在床上，從毛巾的縫隙裡怔怔地望著眼前的「卡捷得」。

「以前的人幹嘛要做這種玩意兒？」

我把疑問說出來，榎野才慢吞吞地把臉轉過來。

「因為留下來有意義。」

「留下來？」

「很奇妙，人類總會在失去的東西中找到價值，有時也會感到美好。對部分的人而言，『推理』中細膩的技術必須保留下來。這種感情我不了解，但是，現在這世上，又有多少人能了解呢？這個紅寶石，對『推理』迷來說，也許只是外形美麗的軀殼罷了。」

「但是，『偵探』在森林的小屋裡，做出那種令人髮指的事呀，他一定是被『卡捷得』迷惑，腦袋出問題了吧。那玩意兒一定擁有這種魔力吧，它可是暴力和殺人的結晶呀，『偵探』偷看了那種東西才會……」

「『卡捷得』不會改變人的心，只會教你怎麼做。」

「什麼『卡捷得』……什麼『推理』……都是不該留在這世上的東西嗎？」

如果沒有那種東西，就沒有人會受傷，也沒有人會死了。「推理」的碎片「卡捷得」裡輸入了所有殺人的方法。正因為如此，檢閱官們才要消滅它。這是絕對正確的決定。留下「卡捷得」究竟有什麼好處？

追求「推理」說不定會從上世代的墓場裡挖掘出血腥瘋狂的犯罪，而到今天為止，這就是我一直在做的事。

我只是被懷念的身影牽引著，去找尋「推理」。那就是旅行的目的。在英國我失去一切，所以我需要一個目的，一個生存下去的理由。「推理」是什麼我不知道，但我覺得去追尋它，是件很重要的事。

難道我一直做錯了嗎？

我到底為了什麼來到這裡？

我又為了什麼來尋找「推理」呢？

「你想不想看？」榎野把「卡捷得」遞給我。「我允許你。」

「……還是算了。」

「沒有你想像中的那種害處。」

「我這種平常人也可以看嗎？」

「我不是說了沒關係嗎。」
榎野把裝飾刀粗魯地朝我扔來，我趕忙伸手接住。
它比我想像的重，像冰一般冷，令人擔心會不會一碰就壞了。
「這麼小的東西裡，竟然能裝進大量的資料。」
隔著刀刃與刀柄的金屬部分鑲嵌了紅色寶石，那應該並不是純粹的寶石吧，而是類似玻璃的物質。
我往裡面望去，看見數不清的微小文字。直、橫、斜、遠、近、上下左右，總之，玻璃裡面全都是文字。在清澈透明的空間裡，文字就像雪花般飄落。但是，就算把這些文字集合起來，當下也無法了解它的意思。可能我的日語閱讀能力較差的關係。幾次把寶石傾斜觀察，最終也只能讀懂幾個平假名而已。稍微一變換角度，看到的文字就又全然不同了。
「這就是『卡捷得』啊。」
我夾著嘆息說道。
「在親眼看到內容之前，無法判定它是不是『卡捷得』，就算看了，如果文詞不對，也會是假貨。當然假貨也是重要的銷毀對象。」
「銷毀——你是指燒掉？」
「當然。」
真可惜……
我沒有說出口，只在心中自語。我把裝飾刀還給榎野。

「就算是如此，這鎮上發生的種種事件究竟跟它有什麼關係？」

「一種單純的渴望導致了這個事件。」

榎野不時擦擦頭，一面把玩著「卡捷得」。

窗外的雨一直下著。

「人們犯罪的原因大致可以分為兩個種類，過多與不足吧。不足的東西一味想著補足，而過多的時候負擔不了就露出破綻。這次事件的原因就是不足。這個國家不足、這個鎮不足，還有兇手不足的東西。從這個方向去想，就能接近真相。」

「不足的東西？不足的東西太多了，哪裡找得到線索啊。」

我搖搖頭，放棄思考。

「自己想想嘛。」

榎野用難以分辨是輕鄙還是建議的口氣，冷淡地說了這句話後，輕輕閉上眼睛，專心地擦乾頭髮。我什麼也沒想，只是呆呆地觀察他那很難以形容的、明明漠不關心卻帶著莫名親切的冷淡態度。

「想出來了？」

「哦，呃……沒有。」

「果然還是得解釋一下。」榎野依舊坐在床上，身體倚著牆說：「這個事件的本質，可以歸納為一項，只要能注意到那點，幾乎就能把所有的謎一起解開了。想要快速領悟那個重點，最好的方式還是先解開『偵探』在四年前就執著進行的紅印之謎。」

「在鎮上各處漆紅印，真的有它的意義在嗎？」
「我想是有的。」
「大家想破了頭都沒想出來，你卻已經知道了？」
「當然。」
「這麼一想，你之前也說過，紅印其實只是做為偷竊的掩飾。」
「你還記得這句話，那不就夠了嗎？」
「但是兩位檢閱官一再堅稱，並沒有東西被偷……不過，如果像他們所說，被偷東西小得連失主都不知道的話，那我也不可能猜得出來了。」
「失主沒發現東西被偷──這個方向相當不錯，克里斯。」
「是哦……」
「切記，留下紅印本身，就是一種行為。『偵探』用這件事來竊取他的目標。那麼，你覺得留下紅印的意義在哪裡？」
「不知道。」
「我們從別的方向來想吧。『偵探』想追求的是什麼？」
「……是什麼呢？」
「是『偵探』不足的東西哦。」
「嗯……」
「你一點都不明白嘛。」榎野用近乎驚呼的聲音說道，「你覺得書本不存在代表了什麼？」

「代表『推理』也不存在？」

「對，就是這個意思，但這並非本質。你想偏了，把它當成了本質。」

「不對嗎？……」

「你從不足這個點去想想嘛，而且還跟無頭殺人案連結在一起。」

榎野說完，伸了個懶腰，從床上走到房間角落蹲下。然後他閉上嘴，突然靜止不動。雨漸漸轉小，雨水滴落的間隔越來越長，而至隱沒。我靠在榎野對面的牆壁，坐在地上。

「克里斯——」

「什麼事？」

「我可以在這裡睡嗎？」

榎野把「卡捷得」放在腿上，揉揉雙眼。

「可以啊。不怕感冒嗎？」

「不怕。」

「那『偵探』怎麼辦？不用管他嗎？」

「後續……明天……」

榎野不知何時已經睡著了，他一定很疲倦了吧，發出安定的鼻息聲，蜷成一團睡著。看來就算心是機器做的，也需要睡眠。雖然在我看來，他並不像他自己所說的那樣機器化。

我擔心「偵探」。他曾在我屋外出現過，也就是說，「偵探」知道我住在這裡，說不定他會一路跟著我們，再次在這裡出現。這次我想他不會再默默離去了。

如果現在「偵探」襲擊我們，只有我能保護無招架之力的榎野。

我坐在地上，繃緊了神經，側耳傾聽周圍的聲音。門窗都關緊了，但說不定「偵探」會打破玻璃窗跑進來。那時候，我就只有飛撲出去保護榎野。

天色漸漸亮了，眼皮越來越沉重之際，我注視著榎野的側臉。我必須保護，我必須保護榎野。

我……

我醒過來時，房間一片明亮。

我跳起來，張望四周。榎野不在了。他剛才還在角落睡著的，但現在不見蹤影。勉強可以看得出有人待過的痕跡，床單凌亂，毛巾丟在地上，但是哪裡都不見榎野。

我畏畏縮縮地走到窗邊，打開窗簾，但沒有異狀。窗外，灰沉沉的暗雲被強風吹成碎片，雲的背後隱約看見淡淡的藍天。雨已經停了，取而代之的是柔柔的陽光，如絲帶般落在地面。

「榎野……到哪兒去了？……」

榎野不在了。

莫非，我作了一個奇怪的夢？

還在朦朧中的腦海，想起了昨晚的事，我和榎野在森林中追蹤「偵探」，又讓他溜走，還有在那個怪異小屋裡的種種，那不是夢。如果這都是事實，榎野到底去了哪裡……

大廳有些聲響，誘引著我走向大廳。

大廳聚集了很多人。平常寬敞的空間令人難以置信地密度大增，幾乎都是我見過的面孔。看起來，與「偵探」案有關係的人們都到齊了。

我一走進大廳，他們立刻中斷說話看著我，但又立刻失去興趣般繼續交談。

「嗨，克里斯。」

是桐井老師。桐井老師倚在窗邊一個人站著，腳邊放著他的小提琴盒。他依舊額頭微冒著汗，臉色蒼白，聲音沙啞，看著就讓人生憐，不過表情並不暗淡。對喜愛夜的晦暗的桐井老師來說，清晨飽滿的光線也許是對身體有害的毒素。

「克里斯，早。」

悠里也在。他坐著輪椅待在櫃台旁。腿上密實地蓋著毛毯，身穿著厚毛線衣。精神看起來相當不錯，恰和桐井老師相反。

其他在大廳裡的包括老闆朝木先生、大廚薙野叔、自警隊的新任隊長神目和其他數名自警隊員，前天夜晚目擊女鬼而在街上喧譁的男人也在，還有幾個我沒見過的人夾雜其中。

黑西裝的檢閱官也來了。他們態度傲慢地佔據了大廳中央。白髮的真住先生像在昭示政府官員的威嚴，擺好架式立正不動，與大廳的人們對峙。另一位墨鏡汐間把手背在身後，在一個小範圍裡來回踱步。他的長腿好像圓規一樣，轉身的時候還畫出弧形軌道。

一位穿著美麗深綠色制服的少年，夾在兩名檢閱官之間。

是榎野。

太好了，他平安無事。我有股衝動想跑到榎野身邊，但我的理性告訴我，現在的情勢不容許我這麼做。不能在黑衣檢閱官面前，做出令人懷疑的動作，不能給榎野造成麻煩。

榎野依舊單手握著枴杖，但並沒有拄在地上，而是夾在腋下。這是他的持杖方式。至於先前那個皮箱，目前開著大口倒在腳邊。裡面的東西已經散落一地。榎野一定如同往常般，為了找一件東西而把皮箱裡的物品全倒出來吧，真是豪邁的散亂。

我姑且先走到桐井老師身旁。

「老師，這是怎麼回事？」我在他耳邊悄聲問。

「我也是莫名其妙被檢閱官叫出來，一大早就到這裡集合了。現在，那個少年剛把皮箱裡的東西倒出來，還沒開始說話。不過，看來檢閱官終於要為這個事件畫下句點了。」

「畫下句點——」

是嗎？

榎野終於要把這個鎮的事件完結了。

此時，汐間好像發現了我的存在，他推推墨鏡朝我看來。

「哦，英國少年來了。」

你的事我都看穿嘍——汐間臉上露出似有此意的笑容。

我縮進桐井老師背後，躲開視線。

「榎野大人，請繼續。」真住嚴肅說道。

榎野微微點頭。

「好，接下來——」榎野往前踏出一步。「我們就本鎮發生的多起事件加以檢視後，要將冒名『偵探』的兇手，從我們保護的歷史上清除。」

聽眾開始發出鼓譟。

榎野面無表情地緩緩環視一遍，然後，將枴杖轉了一下。

他在等待大廳恢復安靜。

「『偵探』就在這裡面。」榎野宣告道。

「『偵探』……在這裡面？」

有人說。大家面面相覷，沉默地互相確認彼此。不知是不是我的錯覺，他們的視線幾乎都集中在我和桐井老師身上。

「我來說明吧。」榎野說了這句話，閉眼幾秒鐘後再接著說。「『偵探』第一次出現在這個鎮約是四年前。那時候，幾乎同時，鎮上發生許多人家被留下紅色十字架的事件。漆上印記的人是『偵探』的傳聞不脛而走，事實上的確有鎮民目擊到，穿著黑衣黑面具、號稱『偵探』的人物，在屋門上畫印記的現場。從那時候起，『偵探』不時在家家戶戶門上畫下紅色印記，沒有人了解他的目的何在。『偵探』留下的神秘印記，雖然令人不悅，但沒有實際弊害，所以鎮民們也就逐漸採取不干涉的態度。」

大廳裡的人全都專注地聽著榎野的聲音。

榎野的聲音像夜的空氣一般冰冷。

「沒有任何事物阻止『偵探』的行為。於是『偵探』四年來不倦不休地一再侵入屋宅，在六十戶以上的屋裡留下紅印。或許他是被一種狂熱的、迷信的想像所煽動，但其實是充滿更深沉謀略的行為。正確來說，『偵探』利用這種行為，成功地偷取了某件東西。但是，鎮上的人誰也沒有注意到被偷的事。連失主本人也宣稱沒有遭竊。這奇妙的矛盾從哪裡產生的呢？從這條線追查下去，就能發現這一連串事件核心所存在的事實真相。」

被偷走了東西，但誰也沒注意到——這才是最大的謎團吧。果然，被偷走的都是屋主沒注意到的小物品吧。

「沒有東西被偷。」神目發言。「很抱歉我要插句話。自警隊調查了很多次，但是被漆上紅印的家庭，沒有一件物品遺失。」

「我同意你的意見。」榎野只把頭微微轉向神目。「雖然被偷了，但屋主都說沒有遭竊。調查之後，實際上也沒有東西少了。」

「這種狀況不可能發生吧。」

「所以，真給我說中了。」汐間很得意地打斷說，「『偵探』那傢伙根本是個瘋子，為了蒐集髮夾啦、零錢，才會從四年前就開始持續留下紅印的行為。簡直就像個築窩的松鼠和水獺。」

「不，假設『偵探』是對髮夾異常執著而一直蒐集，紅印之謎還是沒有解開。如果是屋主沒有注意到的東西，他不會故意做出類似偷竊通知的行為。」

「哦，有道理。」

汐間對榎野的反對很爽快地接受了。

「留下紅印的行為，有什麼意義呢？——我們得從根本來思考。」

「還是想讓鎮上的人知道『偵探』的存在嗎？」神目說。

「不對。」榎野立即否定，「印記有更實質的意義。」

「什麼……實質的意義？」

「沒必要想得太遠，只要把紅印當作是塗鴉就行了。在屋門上、室內牆上、用油漆惡作劇地亂塗一通時，九成九的屋主都一定會做一件事。」

「嗄……什麼事？」神目顯出困惑的樣子。

「清除。」

「哦，你是說把印記消除。」神目大大點頭表示同意。

「這時候，被留下印記的居民大致有兩種行動。一種是覺得心裡發毛，所以就搬走，讓屋子空置。另一種是清掉印記，繼續住下去。印記用的是紅漆，不太好清理。若要完全清除，門的部分必須再上另一道漆。牆壁的部分，就得把壁紙完全拆掉。清除油漆繼續住下去的人並不少。」

「難道是——」我用沒有人聽到的聲音小聲說。

接著，腦中的迷霧豁然全開了。

榎野推理得沒錯，紅印本身並沒有任何意義。

畫下印記之後，人們的行為才有意義。

「留下印記的家屋，只有一個共同點。只要看看這張衛星照片就知道了……」榎野開始在地板上散亂的物品附近來回走著，想尋找衛星照片板。「看到就知道了……」

「榎野大人，在這裡。」

真住指著自己的腳邊，那裡有一張衛星照片板。

「……看到了就會了解，被加上印記的房屋在幾個地點形成族群。這裡有幾棟老房子，與新興的水泥立方體街景有著迥異的印象。思考兩者的差別，答案應該不難，馬上就能看出『偵探』異常執著渴望的東西。」

「我看不出來。」神目無力地搖頭道。

「你在這個封閉的鎮土生土長，也許沒有辦法了解。或許根本不認識它的面貌。但是，你們確實看到它，或者摸過它。然而你們卻視而不見，就算摸了，手指也沒有意識。」

不足。

無書本世界的不足。

啊……那是。

「請告訴我們，『偵探』的目的到底是什麼？」神目焦急地問道。

「別急，就快到結論了。」榎野轉身背對我們，走回原來的位置。「我一直把問題放在室內的印記。印記漆在門上就行了，為什麼要特意侵入室內留下印記呢？因此我想到，儘管它增加被目擊的危險，但對嫌犯一定有重大的意義。好吧，再把話題轉回來。為了消除室內的印記，就得拆下所有的壁紙，那麼拆下的壁紙該怎麼處理呢？」

「已經不能用了，只好丟……」神目說。

「對了，鎮民們都這麼做。」
丟掉壁紙。
於是——
「『偵探』就在回收車來到前，將丟棄的壁紙撿走。」
「……嗄？」
「『偵探』偷的就是壁紙啊。」
「為什麼要偷壁紙……」
「壁紙是代替品。它可以取代『偵探』想要的，而且是身邊最容易得到的理想物品。也就是說，『偵探』想要的是——」
焚書造成了時代的巨變，因而被這個世界漸漸驅逐掉的東西……
這個國家、這個鎮、「偵探」所不足的東西……
「是紙。」
「紙是一種柔軟的纖維質物體，據說從紀元前就存在了。在這個鎮土生土長的人，恐怕有些都沒見過紙吧。它在四千年前就已存在，古代埃及有一種叫作莎草的紙，而小亞細亞在紀元前一五〇〇年就有羊皮紙的存在。中國用布纖維造紙是在紀元前二世紀，那時已完成我們所知用植物纖維造紙的原型，大約在六一〇年左右傳到日本。從此之後，到第二次世界大戰結束、焚書時代開始之間，紙被運用在許多事物上。那個時代，人們指尖觸摸雪白光亮的紙，是天經地義的事。而紙主要用在藝術和媒體上，或者是建築的一部分——最重要的是用在書本。」

我無法想像周圍充斥紙張的時代。

紙的存在一定曾經像空氣那麼天經地義，但焚書的行動終結了紙被運用為媒體的時代。然而，紙的製造並沒有結束，現在還是有地方在製造紙，當然，沒有人知道現在在哪裡、為了誰而製紙，主要應該是執法者吧。

據說，日本的住宅內，有很多地方用到紙，像拉門、紙窗等。此外，一般家庭也會用到壁紙。日本人的生活周遭都會用到紙。最後的書本還留存在日本，也許也因為他們對紙極為親密的關係。

「現在，紙的生產力低迷，在運輸斷絕的地方，不太容易獲得。」榎野說。

都是榎野他們燒光了書，所以紙才會消失的。

但是，我沒有說出口，對榎野這麼說沒有任何意義。我以為或許有人會為此指責榎野他們的不是，但大家都很平靜地繼續聽他說。

「『偵探』非常想要紙，但是到處都無法取得。因此，『偵探』把目標轉向老舊房屋牆上張貼的壁紙。從地圖上密集的紅點，就可知道嫌犯集中瞄準的房子，都是貼壁紙還是家常便飯的時代興建的。先前我已向大家報告過，紅點密集的地方，是舊時代建築的集中地區。『偵探』趁屋主不在之際，偷偷潛入屋子，迅速留下紅印，然後不留痕跡地離開。他完成所有的事並沒有花太多時間。在這個時間點，『偵探』還沒有偷走任何東西。不久後，屋主發現了紅印。屋主都宣稱沒有東西被偷。這是當然的，因為偷竊還沒有開始。但是在此之後，屋主們卻都成了嫌犯的幫手。也就是說，他們把壁紙拆下來，拿到外頭去丟棄。紅印可以說，是『偵探』讓屋主本人把他想要的寶貝送上門的魔法印記。這樣一來，『偵探』便能神不知鬼不覺，並且安全地偷出壁紙。」

「為什麼他要這麼迂迴費事呢？既然想要壁紙，一開始偷走壁紙就好了嘛。」

「原因有二。第一，偷壁紙相當花時間，但在四面牆上留下印記只要三分鐘就夠了，拆下壁紙再拿出去需要兩三倍時間吧。由於他是闖空門，所以時間越短越好。

第二，如果他像一般小偷，潛入別人家中把壁紙撕下來偷走，他的犯罪意圖就很容易暴露。如果它成為眾所周知的竊案，就會產生很大的不便。居民們也會採取各種防衛方法吧。萬一沒搞好，說不定屋主在事前就把壁紙毀棄了。『偵探』必須在無人察覺下得到壁紙。而紅印就是應運而生的小詭計。有了留印記這個行為，屋主會主動把他的獵物丟到屋外，而且也不會被人當作偷竊案。他只要偷偷撿拾垃圾中的壁紙即可。」

「原來如此，難怪你要我們去詢問廢棄物回收的時間。」

真住十分欽佩地說。

「紙對鎮上的人也是十分寶貴的物品，但是沒有人意識到壁紙也是紙。這種意識的差異，讓他們一一表示『家裡沒有被偷』。他們只是丟了，並不覺得被偷。」

「壁紙——是用來代替『偵探』所需要的紙嗎？」

桐井老師此時才首度向榎野提問。

「跟我們身邊的物品相比，它與我們所知的紙最接近。『偵探』儘可能選擇白色壁紙的人家留下紅印，可能是因為白紙的用途較廣。他在壁紙留下紅印時，儘可能避開中央，只漆在四個角落，就是為了盡量增加可利用的面積。」

我們生活在紙張消失的世界。

活字消失，即表示印刷字體的紙也要消失。

當然，紙的用途還有很多，但是，已經不用再大量生產不用的東西。所以，紙張漸漸消失，而封閉的小鎮自然更為嚴重。

回想起來，我身邊也很少看到紙了。住宿表用黑板代替，而且連地圖都沒有，可見紙張不足已十分明顯。上課學習不用紙，只用黑板。這家旅店是原木風格，因此也不需要貼壁紙。新興的住宅區都是混凝土打造，更是完全不用壁紙。

「『偵探』所引發的事件全是為了紙。此外，『偵探』為了將紙利用到極限，因而導演了一連串不可思議的現象。很多鎮民們連紙也沒看過，於是他用紙做的戲法愚弄了他們。」

「這麼說來，我所看到的鬼也是……」

目擊到女鬼的男子大聲叫道。

「鬼——是紙做的。」榎野挺直身子，朝那個人瞥了一眼。「這個鎮上，除了『偵探』還有鬼。但是，那只不過是『偵探』預先準備的紙。鎮民和殺人案被害者目擊到的女鬼，都是他用紙剪成的女人形體，有著長髮、穿著裙子的女人形狀，就如同目擊報告所說的一樣。這是一種充分運用紙張特性的戲法。紙既輕又薄、可塑性高，只要用線綁著就能在遠處操作，看起來就像鬼一樣飄動。『偵探』便是利用它威脅驅趕接近森林的人，又或是將他的目標引誘到森林裡迷路。」

「人們怎麼會被那種東西輕易騙倒呢？」桐井老師叉著雙手說。

「本鎮的鎮民不熟悉紙的特性，『偵探』應該就是利用了這個優勢吧。此外，樹林茂密的森林、陰暗的街角都是讓鬼魂乍現的好地方。而且，為了讓女子形狀的紙片更有真實感，他還很仔細地畫了女人的相貌。幾乎已接近真人尺寸的人偶，只有平面或立體的差別而已。真人大小的人偶躲在黑暗中，都會令人產生恐懼感了，所以『偵探』製作的女鬼也發揮了同等的效果。」

「那要如何讓她在眼前消失？」

「因為它是紙做的，只要強風一吹，片刻間就不知飛到哪裡去了——也有可能是『偵探』在旁用線操作，把它拉到樹蔭下摺疊、或是捲起都行。」

摺疊的少女……

我想起悠里告訴我的故事，榎野應該也意識到這點吧。

「紙幽靈到了下雨天，馬上就淋濕不能用了。所以『偵探』一定做了好幾個以備不時之需。其中一個被鎮上的一個孩子撿到。應該是被風吹走的女鬼之一吧。那孩子年紀太小，第一次觸摸到紙作的東西。這是他與紙第一次接觸。所以，他無法理解紙上所畫的少女。孩子把它當作真正的少女看待。從這一點可知，畫在紙上的幽靈，有相當的真實感。然而，紙幽靈被雨水打濕，所以，那孩子撿到的紙應該有幾個地方已經破損，所以，孩子以為少女生病或受傷了。不久後，少女的形貌也開始損壞、鏽蝕。為了治療少女，孩子求助於『偵探』。」

「你說的是拓人……」悠里喃喃說道。

「『偵探』給了孩子一個新的少女，把他趕回家。」

「『偵探』把他毫髮無傷地放了嗎？」神目露出吃驚的神情，「『偵探』不殺孩子的傳聞是真的嗎？」

「是真的，『偵探』不殺孩子。」

「這麼說來，釧枝的事件又怎麼說，他還是個少年啊。」

「但是他不是孩子，已經開始工作了。」

「他告訴我們的話，全是些不可解的謎。您知道那個雙目受傷的女孩嗎？她在森林裡遇到種種奇怪的事。最後『偵探』傷了她的眼睛，她是在瀕死的狀態下逃出森林。」

神目把女子詭異的遭遇，簡單地向榎野說明一遍。這個故事汐間已向榎野報告過，包括女子在森林裡看到又消失的小屋，還有無頭屍。

「消失小屋的部分沒有可疑之處。小屋如果是用紙紮的，就是同樣的道理。」

「用紙紮的小屋？……」

「有一種紙叫作瓦楞紙，它很厚，也很結實。這種厚紙板的背面貼著一層波浪狀的薄紙，它很輕，也很容易摺疊。『偵探』應該是自己做的吧。用瓦楞紙來做一棟小房子並不難，而且還可以快速地把小屋摺起來，緊急時可以立刻把它藏起來。他做了一個裝置，把繩子繫在屋頂處，將繩子一拉整個小屋就能摺疊起來。繩子只要綁在附近的樹上就行了。繩子一拉，小屋就會立刻摺起來升到樹上去。」

「就像收傘的感覺嗎？」神目說道。

「對。如果你能有這種程度的了解，消失就不是問題。在重力下生存的生物——當然人類也是——眼睛比較習慣追逐下降的物體，而不是上升的物體。人的目光追不上瞬間升到樹上的小屋，也就因此，當故事中的女孩逃出小屋轉頭的瞬間，便以為小屋消失了。當時『偵探』本來就在附近，是他把小屋拉上去的。」

「但是，小屋裡有具無頭屍體，它還留在地面上啊……」汐間說。

「只要事先把地板抽掉就行，就像打開蓋子一樣。又或是屍體的重量讓底部脫離了。」

「對呀，有道理。」

「『偵探』製作那棟摺疊小屋，只是作為暫時放置屍體的場所。拉上去摺疊、藏在樹裡的設置，是為了手邊沒有屍體時，又或不需要小屋時方便藏匿而做的。雙眼受傷的女子只是偶然間撞見放置屍體的地方罷了。」

「那女子在森林裡看到的所謂盡頭之牆呢？」

「那就是『偵探』偷來的壁紙。可能是洗乾淨後，或是洗淨前掛在晾曬架上。女子觸摸到它時，觸感自然與屋裡的牆壁相同，因為它就是屋裡用的壁紙啊。」

紅印之謎、森林出沒的鬼魂、消失的小屋、森林盡頭之牆，全都跟紙有關係。

冒名「偵探」的嫌犯對紙有著什麼樣的渴望啊？

不過，無頭屍體之謎還沒有解開。「偵探」——兇手殺人無數又將頭砍下來，究竟有什麼意義？殺人與紙不可能沒有關係。

「接下來再檢證湖上的殺人案。」
榎野自顧自地說下去。
「隊長的這樁案子……」
神目低語道。雖然其他還有很多無頭屍體案，但榎野在此似乎只把焦點放在黑江隊長殺害案上。
「『偵探』想利用這個事件，誤導我們的眼光離開真相。但是以冒牌『偵探』的程度，不可能騙得了我。反而成為告訴我兇嫌真面目的事件。」
兇手——終於要指認兇手了。
究竟這些人中誰才是兇手呢？
解決我們親眼目擊的湖上事件，真的能引導我們找到嫌犯嗎？嫌犯不是在湖上消失了？
「我可是親眼看到呀——」朝木老闆說。「嫌犯從湖上消失，他消失的一剎那，我就在附近呀。」
榎野舉起手制止朝木。
「我按順序說吧。事件當晚，兇嫌穿著一身黑，在推測『偵探』所在而埋伏許久的自警隊面前亮相。但是，在此之前，『偵探』已經在某個人的面前現身，就是那位英國人，克里斯提安納。」
「嗄？」
周圍的目光全都集中到我身上，目光中全是疑惑。然而，那一夜「偵探」出現在我房間窗外是不爭的事實。

「夜裡，有個人敲擊他房間的窗子，他醒過來往窗外看去，『偵探』就站在那裡。『偵探』立刻逃走，沒有錯吧？」

「是。」

我挺起胸膛答道，感覺有些尷尬。雖然我和榎野昨天晚上還聊得很開心。

「這點的確沒錯，為什麼他會到克里斯的窗前……」桐井老師說。

「這個行為有重要的意義，我們待會兒再談。接下來，『偵探』在自警隊面前出現。此時，克里斯提安納也在現場，對嗎？」

「對。」

「自警隊追蹤『偵探』往森林前進。但『偵探』已經不見身影。這個時間點，跟黑江隊長的對講機還能通訊，沒錯吧？」

「……沒錯。」

神目回答。

「在進入森林前，音樂家桐井脫隊了？」

「是。」

「這時候，朝木代替他上場，擔任森林的嚮導。」

「是的。」

「然後，你們目擊了湖上的慘劇。」

「是的。」

眾人環視下的湖上慘劇，然後兇手消失。

究竟兇手是如何從湖上消失的？

「我想問問目擊湖上殺人的人，在湖上看到『偵探』身影是在什麼時候？」

「我們一到湖邊就看到了。同時有幾個人看見。」神目回答。

「為什麼會看見。」

「這個嘛……因為他點著微微的燈火，所以才看見的。我們到達湖邊時，『偵探』——兇手坐在船上。」

「兇手採取什麼樣的行動？」

「我們仔細注視，發現他正高舉起斧頭狀的物體。我們還在觀望、無計可施之際，斧頭便已一再落下……」

「當時兇手是什麼模樣？」

「因為只能看到朦朧的影子，所以不太能形容。他只是很執著、不斷地揮下斧頭。」

「動作呢？」

「動作？……剛才不是說了嗎？一直反覆做著揮動斧頭的動作。」

「然後呢？」

「燈火突然滅了，船往岸邊行，看起來好像要靠岸。我們到達岸邊，等著小船靠來，終於載著隊長的小船慢慢地……」

「然後？」

「那邊那位克里斯少年，游泳到小船邊，在船上繫了繩子，我們便把船拉到岸邊。那時我們看到隊長悽慘的屍體……」

「船裡有找出兇器嗎？」

「是的，朝木老闆發現的。」

「還有沒有其他印象深刻的事？」

「就是『偵探』已經不在了。」

在之後的調查中，很確定沒有人上岸。「偵探」不可能消失在湖上，所以，從這個案件真的能帶我們找出兇手嗎？

「前面的談話中，只有一點疑問。那就是為什麼『偵探』刻意在船上做出殺人的行徑。」

「為什麼有疑問？」

「你想想看，船上是個很不容易平衡的地方。對著躺在船底的被害者，一再揮動斧頭，最後終於把他的頭給砍下來……你們覺得這有道理嗎？」

「你這麼說也對……」

「你可以說，因為他被追到無路可走，所以在船上砍下被害者的頭，但是，我還是認為船上是非常不適宜砍頭的場地。那麼，湖上的無頭屍體究竟是怎麼回事？如果了解了這一點，只需改變一點看法。」

「要怎麼改變看法？」站在一旁的汐間鐃有興趣地問。

「黑江是事前在別的地點被殺的。」

「•••••••••這怎麼可能。我們親眼在現場看到殺人的景象啊！」

「你們看到的只是影子。」

「但是……」

「被害者在神目等人到達前，就已被殺了。他的頭被砍下，身體放到船上。為了怕太早被發現會壞事，所以拉著船藏在岩石後頭去。」

「可是對講機的通訊……」

「『偵探』偷走黑江的對講機，是他在跟你們對話。」

「可是，隊長的對講機是跟他的屍體一起被發現的哦。」

「那是『偵探』施的小計謀。這一點之後再說明。」榎野輕輕把玩著枴杖，「『偵探』先把黑江叫出來殺害，那時奪下他的對講機，假裝黑江還活在世上。」

「那麼，我們在湖上看到的殺人景象是怎麼回事？」

我一提問，榎野立刻轉過身來，但又佯裝不認識般回過頭去說道：「你們看到的不是真實的殺人景象，一切都是假的。」

「假的？……」

「船也不是真的。」

「那究竟是什麼？」

「只要綜合前面所有的內容，想一想就知道了。」

「那是……」

「是紙片船。」

榎野的說話聲在大廳中迴盪。

紙片船——

「人怎麼可能坐在紙片船上。」

「沒有人坐。」

「但我看到『偵探』揮著斧頭的身影！」神目說。

「剛才說了，那只是影子。」

「影子？……」

「你們看到的殺人景象只是剪影戲。」

「剪影戲！」

「兇手在紙片船上，放了一個自己會動的剪影戲裝置，那東西叫作走馬燈。」榎野態度從容地轉著枴杖。「這裡面有人知道走馬燈是什麼嗎？有人把瀕死前看到的回憶閃影比喻為走馬燈。所謂的走馬燈，由兩層紙板構成，把畫了剪影的紙板做成筒狀放在內側，利用中心蠟燭熱度造成的上升氣流使之旋轉，就會在外側的紙上映出會動的剪影戲了。你們看到的景象，可以說是放大很多倍的走馬燈。看起來朦朧的燈火就是走馬燈中心的燈了，你們看到的兇手身影，只不過是用模型做好，映在外紙上的剪影。也就是說——從一開始，湖上就沒有人。只有紙片船和走馬燈。只載著走馬燈和蠟燭的話，紙片船並不會沉沒。當然，紙船的底部應該塗了蠟，提高了耐水性。」

我們看到的是剪影戲嗎！

回想起來，「偵探」的動作十分單調。他只是一味重複舉起斧頭揮下的動作，只要反覆幾個連續動作的模型，看起來就像真的在動一樣。

我們到達湖邊時，除了紙片船之外，載有真的無頭屍體的小船也在湖上。但「偵探」已經不在了，他只是讓我們把紙片船當成真船，誤以為「偵探」從船上消失的。大霧籠罩的湖，對我們誤認殺人場景也有推波助瀾之效。

「但是……之後的調查中，並沒有發現紙片船。」

「既然是紙船，當然不會一直浮在水面上。對方連沉入水中的時間都算好了。」

「請等一下。」桐井老師難得插嘴說，「說到時間，還有個蠟燭的問題。蠟燭亮著，而且看得見剪影戲的時段十分有限。如果兇手已經不在湖上，無法設定蠟燭的話，要讓蠟燭配合自警隊的動向亮起，豈不是很難嗎？」

「你說得很對。」榎野表情不變說道，「要讓湖上的戲法成立，就必須控制目擊者的行動。」

「怎麼做？」

「很簡單，兇手只要把目擊者帶到湖邊就行了。」

怎麼可能……

「那個領頭的人，本來是個不應該出現在現場的人物。但是，他為了消除這種不應當性，運用了某種手段。他利用了某個人。」

「這……」

「克里斯提安納。」榎野只把眼睛轉向我。「你目擊了殺人現場，對吧？有沒有想到什麼？」

「我……我和桐井老師一起，去到自警隊集合的地點。」

「但是音樂家桐井在前往森林的途中，離開了隊伍。」

「你的意思是……」

「我不能控制克里斯他們的行動。」

桐井老師自己說。老師不是兇手。

「兇手不論如何都需要克里斯提安納到現場去。因此，他運用的手段就是去敲你的窗叫醒你。」

「那時候的『偵探』！」

「『偵探』斷定克里斯提安納一定會來追自己，他似乎對克里斯提安納的意向相當清楚，可能曾在某處聽到克里斯提安納的說話吧。總之，他必須誘導克里斯提安納去到自警隊集合的地點。然而，克里斯提安納追到一半就放棄了。到此為止他的預測沒錯。只要再一次到窗前叫醒克里斯提安納即可。然而，幸運降臨在兇手身上。音樂家桐井出現了，他很完美地將克里斯提安納誘導到現場。」

「把我說得這麼難聽……我只不過是到克里斯的房間拿回我的小提琴時，不小心得知自警隊不尋常的行動罷了。」

「那應該是實情，不過對兇手來說則是幸運，克里斯提安納依照他的計畫到現場去

「是的。」

「克里斯提安納在現場的話，兇手就有個自然的理由陪他同行到湖邊。」

「自然的理由？……」

「最正當不過的理由——把夜裡溜出旅店的小孩子帶回去。」

當時說這句話的人……

榎野用枴杖指著一個人。

「『偵探』就是你——朝木。」

他宣告了兇手的名字，但沒有一個人出聲說話。

朝木老闆怎麼會是「偵探」……

眾人還未能充分理解前，時間像凍結般陷入膠著。然而，空氣中漸漸升起一股緊張感，然後時間再度開始快速流動，而推動時針的則是伸直了枴杖的榎野。

「自警隊幾乎全讓朝木帶隊，他控制了時間。」

湖上的戲法完全需要時間的控制。為了控制時間，兇手自己一定要在現場。為了在現場，他需要一個充分的理由，而為了製造充分的理由，他利用了我。回想起來，當時朝木老闆出現得太過巧合。雖說半夜裡特地跑出來找我，但一下子就把我找到，也未免運氣太好了

點。朝木老闆一定是連自警隊的動向都瞭若指掌，才會在森林的入口堵到我的。

「騙人……」悠里嘴裡虛弱地吐出這句話。

「你說我……是『偵探』？」

朝木倚坐在大廳旁的小圓椅上，兩隻粗手交叉在胸前，一動也不動。

「我還有別的理由判斷你是『偵探』。」榎野朝著枴杖的末端，往朝木老闆跨出一步，用俯視的眼光看他。「在船到達岸邊時，跑在最前頭的就是你。你的目的看起來像是要拾起兇器斧頭，其實是要把黑江的對講機放回原位。你偷偷地使用對講機，是為了混淆黑江的死亡時間。除了你以外，沒有人能把對講機放回原位。」

「沒有這種事……克里斯比我更接近小船吧？」

「嗄？」

突然叫到我的名字，令我吃了一驚。

但是，榎野完全沒有中計的樣子。

「荒謬的說法，還需要我再反駁回去嗎？」榎野轉過身，背對朝木聳聳肩。「你早已看過『斷頭』的『卡捷得』了吧？那種簡單的無頭殺人手法，別想騙過我的眼睛。」

「不關我的事！」

「爸爸……爸爸真的是『偵探』嗎？」

「悠里。」

「是爸爸殺了隊長？」

「我……我……」

「快說你不是！」悠里終於哭著叫喊道。

「朝木先生……你真的是……在鎮上留下紅印、殺人如麻的『偵探』嗎？……說啊，真的是你嗎？」神目聲音顫抖地逼問朝木。

朝木彷彿沒有聽見他的說話，他搖搖晃晃地站起來，用虛弱的表情走向榎野。

「喂，檢閱官大人……你有什麼證據證明我是『偵探』？」

「我有證據。」

榎野說完，也向朝木走近一步悄聲地說話。

朝木一聽，表情霎時轉成蒼白，他像是虛脫一般往後走了幾步，坐倒在椅子上。榎野轉過身，緩緩走離朝木身旁。

真住與汐間刻不容緩地走到榎野兩側。朝木老闆已經無處可逃了。

悠里嚎啕哭著轉動輪椅離開了大廳。我猶豫著該不該追上前，但我的身體卻不聽使喚。我必須見證朝木老闆——「偵探」的結局，我必須用自己的眼睛牢牢記住這一刻。

「殺了幾個人？」汐間用輕鬆的口吻問道。

朝木沒有馬上回答，他環視著周圍的人們。

「悠里不在了吧？——三十四個。比你們想像的少吧？」

「這是我至今遇過的『卡捷得』持有者中，殺人第二多的。」真住說。

「真可惜，沒拿到第一。」

「你老實說……你真的是『偵探』？」神目問道。
「是的，我是『偵探』。你們……整個鎮都害怕的『偵探』。」
「為什麼你要殺黑江隊長？」
神目表情嚴厲。
「是為了讓檢閱官掉入陷阱，不過好像失敗了。黑江近日追『偵探』追得很緊。我的身分可能就快曝光了。殺了他做一個了結，順便也可以把兇手嫁禍給他。如果有人發現『斷頭』的『卡捷得』，當然就會想到屍體掉包的手法吧？那麼，他們應該就會以為黑江才是兇手。這樣一來，他就能成為沒有人找到的兇手替身。因為，真正的黑江已經成了死人了嘛。我打算來一招將計就計……但檢閱官似乎比我預料的更高竿。」
「最近這段時間，『偵探』的活動變得頻繁起來，也是因為你害怕黑江和我們暗地的搜查已經越來越接近你的關係吧？」榎野說。
「我已經沒有時間了。經常都在……跟時間奮戰。」
「黑江隊長的無頭屍體之謎已經水落石出了……」桐井老師離開窗邊，走進人群中。
「但又是為什麼把鎮民弄成無頭屍體呢？」
「你們沒有必要知道。」
「雖然我不想相信……你也是為了紙吧？」
桐井老師一說，朝木老闆身體顫抖起來，但沒有吭聲。
連無頭屍體也都跟紙有關係？

「衛星攝影照出了『偵探』的農場與工廠。森林小屋附近，有塊種植樹木的土地。這裡種了很多小溝樹與結香等製造紙張原料的樹木。」

榎野背對著衛星照片板說，從他說話的口吻我察覺到，他似乎沒告訴其他人，昨晚和我曾經造訪過那個地方。

「這些植物都是和紙的原料，我想你們都不知道，紙張是植物纖維製造的吧。一般來說，普通紙是櫸樹與白楊樹的樹幹碾碎製漿做成，而和紙是把小溝樹蒸或煮，做成原料。那棟外形像工廠的房子，恐怕就是用來放製造和紙的工具。那裡是他的地下造紙廠。」

地下造紙——

「偵探」不但偷紙、利用紙，還打算自己造紙。他對紙是那麼渴望。

但我又立刻想起在工廠所見到的凄慘景象。那該怎麼形容呢？把人剁成碎片，丟進鍋裡煮——這種事我不認為跟紙有關。

「為什麼要連續殺人砍頭呢？」我問榎野。

「為了把人做成紙。」

榎野靜靜地說。

他的話語聽起來宛如一節詩歌，然而裡面卻聽不出什麼深刻的寓意，只留下令人作嘔的真實。

「把人……做成紙？」

「人身體的皮剝下後風乾的話，也可以代替紙吧。他肯定是想製造人皮紙。」榎野平淡地說，「剛才也說過，早在紀元前就有人利用動物皮來做紙。羊皮紙普及於世的時代，最高級的用紙是出生未久的羔羊皮做的。用人皮來做紙當然聞所未聞，而且也未必能行。不過，他——就是這麼做了。」

「就為了這種原因，殺人砍頭？……」

我們在那小工廠見到的人皮，是準備用來做紙的嗎？

我感到全身發冷。昨夜的記憶甦醒了。不管什麼樣的戰爭，不論什麼樣的自然災害，都不能把人摧殘到那種地步。那是人類才想得到的獨特慘狀。

若是如此……把人碾成碎片丟進鍋裡會有什麼意義？我在工廠看到那個塞滿碎屍的鍋子，再也不想回顧。

「『偵探』對屍體的頭部不抱興趣。所以他只把用不到的頭部，丟到河裡處理掉。實際上也有在下游發現頭顱的案例。頭是不需要的，但軀體在剝了皮之後，卻沒有丟到河裡順水流掉。也就是說軀體部分還有需要。」榎野繼續淡漠地說。「說到沒有頭的屍體有什麼用途——」

「對了……做成塗料。」桐井老師說。

「對了。為了讓墨水安定在紙上，必須用一種施膠劑塗佈在紙上防止暈開。因此中國在唐代時就開發出動物性的膠質。這是用動物的骨、皮、內臟熬煮而成的液體，主要成分是明膠。在十四世紀的歐洲，同樣也開發出動物性的施膠劑，他們用肢解的羔羊放進鍋裡熬煮，從中擷取液體的過程，都留下過紀錄。『偵探』追求的紙，在最後塗上施膠劑就完成了。」

「嗚嗚……」

不自覺間，我發出呻吟般的聲音。

「『偵探』是想從人體上取得施膠劑嗎？」

只為了造紙，竟用了那麼殘酷的手段……

「他想把人體做成紙。這種異想天開的做法，全世界恐怕只有他想得到。」榎野側眼看著朝木說，「至於無頭的屍體，由於需要的只有軀體。甚至可以說，頭部是沒有用處的垃圾。軀體的皮可以用，內臟和肉可以做成施膠劑，對他而言，人類也許只是會走路的紙。他為了造紙，才把鎮民們搞成無頭屍體。」

一切都是為了紙。

為了紙偷竊，為了紙殺人。

殺人案——是「推理」。

這就是我喜愛的「推理」——

冷血地殺人、冷血地使用。過分，太過分了。然而，我為何感到一股無力感？犯下這麼殘酷的罪孽，然而世界卻沒有因而改變。「偵探」也許絞盡腦汁而犯下這個罪行，但結果得到了什麼？不但什麼也得不到，還無意義地致人於死。那些性命因為太過渺小，連我這個旁觀者都感覺不到他們的價值和重量。啊！今天，也許在世界的某個角落，一場洪水又輕易地帶走數百人的性命。這種空虛是怎麼回事？我無法同情兇手，完全不行。然而想到他某天某日可能感覺到的無力感，我就感到無比空虛。

「偵探」唯一勝出的，是他的殘酷遠遠凌駕了災害造成的死亡。

太殘酷了。

如果我也像悠里一樣不懂「推理」該有多好……

「為什麼你要把人體做成紙？」

聽到榎野的問題，朝木頹然地垂下肩膀搖搖頭。

「你早知道了吧？」

「為了做書吧。」

「是啊。」

原來是這樣……

「書這種東西，到底長得什麼樣子？」神目問。

「老百姓沒必要知道。」

汐間凌厲地斥聲道，但朝木開始說話了。

「書是用很多張紙編在一起做成的。通常是長方形，由於紙有厚度，所以書本身會接近立方體。當然，大小和厚度也大不相同。做書需要大量的紙。」

「為什麼你想做書？」榎野再度問道。

「為了悠里。」

「我不懂。」

「因為悠里想讀書！悠里想看書，所以我想幫他準備幾本。悠里只有幾年好活了。所以……我必須趕快準備紙張。然而，一張紙都買不到。我想賣了『卡捷得』攢些錢，但根本沒有人要買。無可奈何之下，我只好自己做紙。」

「在森林裡的工廠。」

「……為了做紙，我什麼事都願意做。但是對於殺人，剛開始我並非沒有猶豫，也想過用別的動物來代替人類。所以去找了羊……可是那些動物根本買不到。幸運的是，我手上還有『卡捷得』……還好沒賣掉。我讀了它，想到了用無頭屍體造紙的方法。」

「『卡捷得』裡面沒有這種資料。」

「這是創造力。你們這些檢閱官哪會懂。」

「你那麼在乎紙張，卻為了做戲法用完就丟了嗎？」

「我沒丟。全部都可以再利用。沉到湖底的紙船，有一天我也會去撈起來用的。」

「最後還有一個問題。」榎野問，「為什麼冒名『偵探』？」

聽到這個問題，朝木無聲地笑了起來。

「——這名字很酷吧？對我而言『偵探』是個英雄。所以，當初的出發點是善意的，我希望讓更多人知道『偵探』這個名字。在鎮上到處漆上紅印，原本也打算留給鎮民好印象，這麼一來，偷取壁紙也會變得更容易。但是，整個鎮沒有一個人知道『偵探』是何許人物。可以說……太缺乏共識了。鎮上那些傢伙自作主張給『偵探』添加了負面形象，變成了可怕的故事。因為『無知』而抹殺了原本『偵探』英雄的一面……我再也當不了英雄了……」

名曰「偵探」的英雄。

這種人物在世上已經絕種了。

朝木直到最後都堅持不殺小孩的立場，應該是因為他自己有悠里這個孩子吧。不論是什麼狀況，一旦殺了小孩就背叛了想當英雄的自己。

說不定，朝木也只是個想找回失落之物的人罷了。

然而，這個鎮的「偵探」不是我所認識的偵探。

「好了，站起來。」

汐間在旁催促朝木。

「薙野，」朝木轉向薙野叔說，「悠里交給你了。」

「喂……開什麼玩笑！你不在，我們怎麼辦哪？」

「拜託了。」

朝木說完，便隨著兩名檢閱官走出去。

「啊，對了。」朝木突然又回頭，「克里斯，昨天真抱歉。你的事我很瞭解，連你想做的事，也許我都知道。所以——千萬別變成我。」

我沒聽懂他的意思。

朝木的眼神中充滿了慈祥。

我實在無法把昨晚那個漆黑、可怕面具下的雙眼，和今天朝木老闆的眼神聯想在一起。

說不定榎野的推理錯了，真正的兇手還在別處？我所知道的「偵探」總是穿著黑色裝束，戴著黑色面具。從來沒有人看見「偵探」脫下黑暗的那一剎那。

「偵探」彷彿還躲藏在森林的深處。當然，眼前的朝木老闆應該就是「偵探」，然而，「偵探」會不會還獨行在黑暗中，繼續活在這個鎮裡呢？……

榎野手持枴杖，站在稍遠的牆邊。

他那著實冷淡的目光正掃過整個大廳。

我聽見背後傳來啜泣聲。

是悠里。不知何時他又回來了。

「爸爸！我該怎麼辦？」悠里抽泣著說。

唉，這就是事件終結時的景象。

「你要回來啊！」

悠里悲痛的哭喊，聽起來彷彿來自遙遠的地方。

彷彿來自遙遠的過去……

彷彿來自大海的另一岸……

我聽到雜音。

那是響在我心底的深海雜音……

我呆呆地佇立在原地，無法動彈。

朝木老闆沒有回答。

「孩子，」汐間輕輕調整墨鏡的位置，走到悠里面前。「以後的事就交給我們。」

「我不要！」

悠里轉著輪椅想要逃離，但汐間扶住輪椅的把手壓住。

「殺人犯就是殺人犯。」他像自言自語般說著，臉上露出獰笑。

悠里睜圓了眼睛，全身僵硬。

「汐間，」真住叫他，「你跟我一起上車，現在正要忙，不是遊戲的時候。把兇手交給警察之後，得跟局裡的同事取得聯絡，然後到森林去，知道嗎？」

「丟個燒夷彈到森林裡不就沒事了？」

汐間推高墨鏡，威風十足地走出旅店。後面跟著真住和朝木老闆。朝木經過玄關時微彎的背，是我看到他的最後身影。

悠里想追上前去，可是薙野叔阻止了，他的哭聲振痛我的耳朵。薙野叔推著悠里的輪椅離開了大廳。

「克里斯。」先前一直保持沉默的桐井老師叫我，「去看看悠里吧。」

「好。」

我點頭。

榎野還在大廳裡。然而，我想先到悠里的房裡去。

「老師……真是個駭人聽聞的事件啊。」

「不過，你平安無事比什麼都重要。」

「老師，你還要留在這個鎮嗎？」

「看心情嘍。不過我比較擔心你。接下來的旅程，你也要一個人走嗎？」

「為什麼現在還來問我這個問題？」

「我覺得，你好像會因為這次的事件，而被命運的巨大浪潮所吞噬。你眼前橫亙著偌大的黑影。那個影子在你的表情上顯露出複雜的陰霾，連你的容貌都與幾天前見到你時不太一樣了。只有身高似乎一直沒變。」

「……老師，你到底想說什麼？」

「常有人說我的預言非常準確，雖然我都只是隨便說說而已。接近死亡的人容易看見真實，你要多小心哪，克里斯。你還這麼年少。」

「好。」

「千萬不可以做危險的事。」

「好。」

「乖，真是個聽話的孩子。」桐井老師拍拍我的肩，「能和悠里談談嗎？」

「我正要去找他。」

「那麼，我就在此跟你道別。有困難的時候記得隨時來找我。」

「老師，謝謝你為我做的一切——再見了，老師。」

「我們會再見的。」

我和桐井老師告別，走去悠里房間。

薙野叔站在走廊，愁眉苦臉地交叉著雙臂，快哭出來的表情跟他的臉很不搭調。

「我一個人是可以把這旅店撐下去，可是我擔心悠里。」

「我可以跟悠里說說話嗎？」

「悠里很喜歡你，你去安慰他一下吧。」

我敲了門，走進悠里的房間。

悠里面對牆壁，拚命擦著流出的淚。我在悠里身邊蹲下叫他的名字。

「悠里──你有一次說過，你想看書對嗎？」

悠里詫異地看著我。他的臉脹得通紅，也許只是因為擦了太多眼淚吧。

「爸爸說，他想為我做書。」悠里顫抖著聲音說，「我的病，已經沒多久日子了。他太心急才做出那種事──」

淚水不斷從悠里的眼眶中奔溢出來。至今一直壓抑的情感在這瞬間全都化成了淚水。他不再抹掉流出的淚，而是彎下瘦弱的身體，嗚咽起來。

「五年前媽媽在洪水中去世……從此之後，爸爸就變了。他一定是在媽媽的遺物中發現那把漂亮的刀，就是檢閱官所說的『卡捷得』。那把刀後來不知到哪去了……但爸爸對我越來越嚴格。只有一次，爸爸問我有什麼願望。我說我想要書，爸爸便說『知道了』。因為我聽說書本裡包羅萬象，只要看到書就能時時看見我媽媽，就算在病床上，也不會感到痛苦……」

「悠里──」我輕輕叫著他，「有一天我會帶書來給你看。」

「克里斯──」

「不要緊，別擔心。我會用我的做法，讓你有一天能看到書的。」

「不行。若是連你都像爸爸那樣……！」

「別緊張，我就是為了那個目的來這裡的。日本是最後的土地。我要找回失落的東西。就像樂器一樣，失落了會再度甦醒，我也要把書帶回世界。」

「克里斯——我可以相信你嗎？」

「嗯，你要等我。」

「我知道了。」悠里拭去眼淚，「我會等你的。」

終奏　為了短暫的別離

回到大廳，只剩一片死寂，剛才的喧鬧宛如從未發生過。自警隊的神目及隊員們都已離去，鎮裡的居民也走光了。

榎野還站在窗邊。

剛射進來的陽光將榎野的影子投在地上，形成一個威嚴、美麗的身影。

「榎野，」我說，「你不跟上去沒關係嗎？」

榎野回頭，望著我的臉點點頭。

又剩下我們兩個。

「這就是『推理』的終點。」

「是，這就是終點。」榎野把兩手輕輕交錯在背後，小聲說道。「附帶說一下，我沒有告訴他們，你跟我的關係。」

「嗯……」我倏然想起剛才的情形。「這麼說，你確實握有朝木老闆就是『偵探』的證據嘍？」

「當然有。」榎野若無其事地舉起枴杖。「他的身體上留有我枴杖的痕跡。我這麼告訴他了。因為昨晚我瞞著其他人跟你去冒險，所以我沒有昭告眾人。就算少了它，只要到那間小屋去搜查，就一定能採集到足跡或指紋吧。」

「原來如此……」

榎野見我想得出神，突然叫我：「克里斯，我希望你告訴我現在的想法。」

「榎野……」我有些困惑。「我現在腦子裡亂糟糟的不太會說……不過，我覺得太不合理了。不對，並不是兇手受到制裁不合理……也不是對你破案的能力感到不合理……而是對更大的、難以抗拒的……」稱它命運太過含糊，稱它生死又太過犀利——「是一種不安，也許我們會一無所得。」

榎野直視著我的眼睛，沉默不語。

過了一會兒，他眨眨眼，好像恢復意識般轉了一下脖子。

「聽不太懂。」

他丟下這話，開始收拾散落在腳邊的物品。

我蹲在他身邊幫忙，把衛星照片板和其他不明用途的機器，一一放回皮箱中。

當我靠近他身邊，突然發現榎野一直盯著我瞧。

「怎麼了？」

「克里斯，你別動。」

榎野說完突然湊到我眼前，猛然抓起我的項鍊，拿到他眼前。榎野的頭就在我眼下，他彷彿檢視我的心一般，檢視著項鍊。

「榎野？」

「你果然……」

「怎麼樣？」

「你沒注意到嗎？」榎野終於拉開了距離。「你的項鍊——是『卡捷得』。」

「什麼！……」

我的腦中一片空白，衝擊之大幾乎令我忘了這個鎮的經歷。

我在檢閱官面前暴露出「卡捷得」。

「真的嗎？」

「我好歹也是個檢閱官。」

「怎麼辦……榎野，我該怎麼做？」

「這叫我……怎麼說呢？」榎野難得露出為難的表情。「不管怎麼樣，先確認一下『卡捷得』的內容吧。」

「……嗯。」

榎野再次檢視我的項圈。

「這是『記述者』。」

我心中零落的碎片，現在終於合而為一。

這就是我旅行的目的。

父親留給我的東西。

種種奇妙的事件。

還有，「推理」。

我該做的事就是留下「推理」——

眼前有個真正的偵探。

啊，神哪！

我終於在這個沉淪的世界找到我的使命了。

也許我能挽救已經失落的東西。

「榎野，」我下定決心說，「我終於懂了！我要成為『推理』的作家。我就是為了它才來到這裡。」

榎野睜圓了他獨特的丹鳳眼，凝視著我好一會兒。

「你是認真的嗎？」

「當然。」

「這樣……」榎野嘆息般說，「那就是你要走的路嗎？」

榎野低頭整理皮箱，蓋上蓋子，把它提起站好。

我也一起站起來。

他把枴杖轉了一圈後夾在腋下。

「別了，克里斯。」

「榎野，這種情境下，你有什麼心情？」

「沒有。」榎野輕輕搖頭。「不過，以後我應該會明白。」

「希望。」

「人心是複雜的。你對我說的話，雖然我不太懂，不過會當作參考的。」榎野說著，以極標準的姿勢向我行禮。「那麼，再見。」

「我們還會再見吧？」

「克里斯——我們也許不該再見面。我們的關係已經不再尋常了。我已經知道你是『卡捷得』的持有者，而你也知道我是檢閱官。」

「如果你想抓我的話，你就抓吧。當你必須做時，隨時都可以這麼做——不過，榎野——我希望以後你還是我的朋友。」

榎野沒吭聲。

「你會順從吧？答應我吧！」

「克里斯，再怎麼說我也是隸屬於內務省的檢閱官。」

「我知道。榎野，如果你說不再見面，我有一天會偷偷去見你的。」

榎野低下頭背對著我。

「……嗯。」

他輕輕點頭。

然後，他像是想起什麼般回頭說：「對了，有件事我想問你。」

「什麼事？」

「在海裡是怎麼樣——」

此時，外頭傳來檢閱官呼叫榎野的聲音，看來出發的時間到了。

榎野快步走到旅店大門口。

突然止步。

然後，他等著黑衣檢閱官們到門口來迎接後，才一同走向汽車。

對了，他不能獨自走到屋外——

「海裡非常美麗哦！」

我朝著屋外大喊。

聲音是否傳到了榎野的耳邊呢？

國家圖書館出版品預行編目資料

少年檢閱官 / 北山猛邦 著；陳嫺若 譯.
-- 初版.-- 臺北市：皇冠文化, 2011.10
冊；公分. --(皇冠叢書；第4164種)(YA！；044)
譯自：少年検閲官

ISBN 978-957-33-2848-3(平裝)

861.57　　100018973

皇冠叢書第4164種
YA！044

少年檢閱官

作　　者—北山猛邦
譯　　者—陳嫺若
發 行 人—平雲
出版發行—皇冠文化出版有限公司
台北市敦化北路120巷50號
電話◎02-27168888
郵撥帳號◎15261516號
皇冠出版社(香港)有限公司
香港上環文咸東街50號寶恒商業中心
23樓2301-3室
電話◎2529-1778　傳真◎2527-0904
出版統籌—盧春旭
責任編輯—金文蕙
版權負責—莊靜君
外文編輯—黃釋慧
美術設計—蔣佩辰
行銷企劃—林泓伸
印　　務—林佳燕
校　　對—黃素芬・熊啟萍・金文蕙
著作完成日期—2007年
初版一刷日期—2011年10月
法律顧問—王惠光律師

讀者服務傳真專線◎02-27150507
電腦編號◎515044
ISBN◎978-957-33-2848-3
Printed in Taiwan
本書定價◎新台幣280元/港幣93元